KB083254

어떻게 지내요

WHAT ARE YOU GOING THROUGH
by Sigrid Nunez

Copyright ©2020 by Sigrid Nunez
By arrangement with the author. All rights reserved.

Korean translation copyright ©2021 by Elle Lit
Korean translation rights arranged with THE JOY HARRIS LITERARY AGENCY, INC.
through EYA (Eric Yang Agency).

이 책은 EYA (Eric Yang Agency)를 통한 저작권자와의 독점 계약으로 (주)엘리에서 출간되었습니다.
저작권법에 의해 한국 내에서 보호를 받는 저작물이므로 무단전재와 무단복제를 금합니다.

어떻게 지내요

시그리드 누네즈 장편소설

정소영 옮김

What are you going through

엘리

일러두기

* 본문 중의 주석은 모두 옮긴이주이다.
* 인명, 지명 등 외국어의 우리말 표기는 국립국어원 외래어표기법을 따르되,
  통용되는 일부 표기는 허용했다.
* 원문의 이탤릭체는 고딕체로 옮겼다.

차례

1부

이웃을 오롯이 사랑한다는 것은
그저 "어떻게 지내요?" 하고
물을 수 있다는 뜻이다.

— 시몬 베유

1

한 남자의 강연을 들으러 갔다. 대학 교정에서 열리는 행사였다. 그는 교수였지만, 다른 지역 다른 대학의 교수였다. 그해 초에 국제적인 상을 받은 유명한 작가이기도 했다. 누구나 무료로 들을 수 있는 강연이었지만 강당은 반 정도만 차 있었다. 나 자신도 우연의 일치가 아니었다면 그곳 청중 사이에 끼어 있지 않았을 것이고 그 도시에 있지도 않았을 것이다. 친구가 암에 걸려, 그 특정 암을 전문적으로 치료하는 그 지역 병원에서 치료를 받고 있었다. 난 그 친구를 보러 왔다. 수년 동안 만나지 못했고, 병이 위중하여 어쩌면 다시는 못 볼 수도 있는 사랑하는 나의 오랜 친구.

2017년 9월 셋째 주였다. 에어비앤비를 통해 방을 잡았다. 호스트는 은퇴한 도서관 사서로, 남편과 사별했다. 프로필을 보고 자식이 넷이고 손주는 여섯이고, 요리와 영화 관람에 취미가 있다는 것도 알았다. 그는 병원에서 3킬로미터 남짓 떨어진 작은 아파트의 맨 꼭대기 층에 살았다. 깨끗하고 깔끔한 집이었고, 희미하게 쿠민 향이 났다. 손님방은 대개는 제집처럼 편안하게 느낄 만한 방식으로 꾸며져 있었다. 플러시 천으로 된 카펫들, 푹신한 거위 털 이불 위에 베개를 여럿 늘어놓은 침대, 말린 꽃이 담긴 도자기 병이 놓인 작은 탁자, 문고판 미스터리 소설이 쌓인 침대 옆 협탁. 내게는 도무지 편안하지 않은 그런 장소였다. 사람들이 대체로 아늑하다―게뮈틀리히gemütlich니, 휘게hygge니―고 할 법한 장소가 누군가에게는 숨이 막히기도 한다.

고양이가 한 마리 있다고 했는데 그런 흔적은 전혀 보이지 않았다. 나중에, 그곳을 떠나기 직전에야, 내가 예약하고 도착하는 사이에 고양이가 죽었다는 사실을 알았다. 그 소식을 퉁명스럽게 툭 던지고는 곧장 화제를 돌렸기 때문에 자세히 물어볼 수도 없었다. 사실 물어보려던 것도 그의 태도에 그래줬으면 하는 분위기가 있었기 때문이었다. 문득 그렇게 화제를 돌린 것이 감정이 북받쳐서가 아니라 내가 나중에 불평을 남길까 걱정되어서였을지도 모른다는 생각이 들었다. 기분 울적해지게 호스트가 죽은 고양이 얘기를 너무 많이 함. 에어비앤비 사이트에서 늘 보이는 그런 후기.

　주방에 차려둔 간식을 먹고 커피를 마시며 (에어비앤비에서 권고하는 대로 그 시간에 호스트는 모습을 보이지 않았다) 숙박객을 위해 시내에서 열리는 행사 광고를 붙여놓은 코르크판을 살펴보았다. 일본 판화 전시, 공예 박람회, 순회 중인 캐나다 무용단, 재즈 페스티벌, 카리브해 문화 페스티벌, 이곳 경기장의 경기 일정, 시 낭독 공연. 그리고 그날 밤 7시 반, 그 작가의 강연이 있었다.

　사진 속 그는 냉혹해 보인다―아니, '냉혹하다'는 너무 냉혹하다. 근엄하다고 하자. 나이 들어가는 백인 남자들이 일정한 나이에 이르면 갖게 되는 그 인상. 순백색 머리칼, 부리 모양의 코, 얇은 입술, 날카로운 시선. 맹금류를 닮은. 도무지 마음이 가지 않는. 꼭 와서 제 이야기를 들어주세요. 부디 와주시면 좋겠어요! 도무지 이런 말은 할 것 같지 않다. 그보다는 이런 식에 가깝다. 명심해, 내가 당신보다 아는 게 훨씬 많아. 그러니 내 말 새겨들어. 그러면 뭐가 뭔지 좀 알게 될 테니.

　한 여자가 그를 소개한다. 그에게 강연을 부탁한 학과장이다. 익숙한 유형의 여성이다. 매력 넘치는 학자, 지적인 요부. 똑똑하고 고등교육도 받았지만, 페미니스트이고 힘 있는 자리에 있는 여성이기도 하지만, 자신은 결코 촌스럽게 옷을 입지도 않고, 따분한 공부벌레이거나 무성적인 드센 부류도 아님을 알리려고 기를 쓰는 그런 사람. 그러다가 특정한 나이를 넘어서면 어떻게 될까. 딱 달라붙는 치마와 굽 높은 신발, 빨갛게 칠한 입술과 염색한 머리, (한번은 염색 전문 미용사가 여자가 흰머리가 생기면 분명 생각하는 능력이 떨어지게 될 거라고 말하는 걸 들은 적 있다) 그 모든 것이 '난 아직 섹스할 만한 여자야'라고 주장하고 있다. 노상 배를 곯을 것이 뻔한 마른 몸매. 그런 여성들의 머릿속에는 프랑스에서는 지식인도 섹스 심벌이 될 수 있다는 생각이 안타까울 만큼 자주 떠오른다. 그 섹스 심벌이 때로 당혹스럽더라도. (셔츠를 풀어 헤친 베르나르-앙리 레비라든가.) 이런 여성들은 어린 시절에 시달린 기억이 있다. 외모 때문이 아니라 좋은 머리 때문에. "남자들은 안경 쓴 여자들에게 수작을 걸지 않는다"는 말은 사실 똑똑한 여자, 책을 좋아하는 여자, 수학 선수, 과학에 빠진 공부벌레 들을 겨냥한 말이었다. 시대는 변화한다. 지금 안경을 좋아하지 않는 사람이 어디 있나. 자기는 똑똑한 여자에게 끌린다고 으스대는 남자들이 얼마나 흔한가. 혹은 최근 한 젊은 배우가 공유한 글은 이러했다. 뇌가 큰 여자야말로 가장 섹시한 여자다. 고백하건대 그 말을 듣고는 눈을 얼마나 치떴던지 다시 제자리로 돌아오게 하려고 머리를 홱 젖혀야 했다.

토스카니니가 리허설 도중 한 소프라노에게 너무 짜증이 난 나머지 소프라노의 커다란 가슴을 움켜쥐며 "이게 두뇌라면 얼마나 좋겠어!"라고 소리쳤다는 일화 같은 게 사실일 리 없지 않은가.

그러고는 이런 말이 생겼다. "남자는 엉덩이가 뚱뚱한 여자에게 수작을 걸지 않는다."

남자와 여자가 강연 후 으레 이어지는 학과 만찬 자리에 앉아 있는 모습이 훤히 보인다. 남자의 명성을 생각하면 이 근방에서 가장 값비싼 식당에서 준비한 훌륭한 만찬일 테고, 거기서 두 사람은 나란히 앉을 것이다. 당연히 여자는 한담 말고 무척 진지한 대화를 바랄 것이고, 어쩌면 약간의 희롱도 기대하겠지만, 남자의 관심이 줄곧 식탁 저 끝에 앉은 대학원생에게 쏠리는 바람에 그렇게 되기는 어려울 것이다. 남자의 안내를 맡았고, 장소를 이동할 때마다 동행하며 그날 저녁 식사 자리에서 호텔로 수행하는 임무까지 맡게 된 그 대학원생은 고작 와인 한 잔 마셨을 뿐인데 자꾸만 자신에게로 향하는 그의 시선을 갈수록 대담하게 맞받는다.

그 일화는 사실일지도 모르겠다. 구글 검색을 해봤다. 어떤 검색 결과들에서는 소프라노의 가슴을 진짜로 움켜쥐지는 않고 손가락으로 가리키기만 했다고 한다.

빠질 수 없는 절차로 연사의 공적이 나열되는 동안 남자는 시선을 내리깔고 겸손한 척하며 마음이 불편한 듯 인상을 쓴다. 그런다고 아무도 속을 것 같진 않지만.

교재 공부보다 강의를 얼마나 잘 들었나에 따라 성적을 받았다면, 난 아마 낙제를 했을 것이다. 뭔가를 읽거나 누군가와 대화할 때는 집중력을 잃는 법이 별로 없는데, 어떤 종류이건 강연만 들었다 하면 곤란을 겪는다. (작가들이 자신의 작품을 낭송할 때가 가장 심하다.) 연사가 입을 떼기가 무섭게 딴생각이 들기 시작한다. 게다가 특히 이날엔 유독 정신이 어수선했다. 오후 내내 병원에서 친구와 함께 있었다. 친구의 고통을 지켜보느라, 친구의 상태를 본 내 당혹감을 행여 알아챌까 내비치지 않으려 기를 쓰느라 기진맥진했다. 병을 대하는 일, 그 일에 능란했던 적 또한 없었다.

그래서 자꾸 딴생각에 빠졌다. 강연을 시작하자마자 그랬다. 이야기의 흐름을 몇 번이나 놓쳤다. 하지만 별 상관 없었다. 강연은 그가 잡지에 기고한 긴 글에 기초한 것이었고, 난 그 글을 이미 읽었기 때문이었다. 나도 읽었고, 내가 아는 사람들은 다들 읽었다. 병원에 있는 친구도 읽었다. 짐작건대, 청중도 대부분 읽었을 것이다. 적어도 그들 가운데는 이미 내용은 잘 알고 있기에 질문을 하고 싶어서, 작가가 했던 주장에 대한 논의를 들고 싶어서 온 사람도 있을 거라고 보았다. 하지만 그는 질문을 받지 않겠다는 특이한 결정을 했다. 오늘 밤 강연에 토론은 없었다. 하지만 그 사실은 그의 강연이 끝나고서야 알 수 있었다.

다 끝났다고 그가 말했다. 그는 어느 다른 작가의 프랑스어 문장을 번역해서 인용했다. 인간 이전에는 숲, 인간 이후에는 사막. 대재앙을 막기 위해 무엇을 해야 하든, 어떤 행동을 취하고 어떤 희생을 해야 하든, 인류에게는 그렇게 해보려는 의지가, 집단적 의지가 없음이 이제는 분명해졌습니다. 지능 있는 외계생명체에게 우리 인류는 죽음 소망에 사로잡혀 있는 것으로 보일 겁니다.

다 끝났다고 그가 다시 말했다. 수 세대를 거쳐 우리를 지탱해온 믿음과 위안도 이제 더는 없고, 개개인의 지상에서의 삶은 어김없이 끝난다 할지라도 우리가 사랑했던 것, 우리에게 의미가 있었던 것은 계속 이어지며, 우리가 속한 세상은 지속되리라는 앎도 이제 더는 없습니다. 그런 시대는 끝났습니다. 우리의 세계와 우리의 문명은 지속되지 못할 겁니다. 이 새로운 앎을 지닌 채로 우리는 살아야 하고 죽어야 합니다.

우리 세계와 우리 문명이 지속되지 못하는 이유는 우리 자신이 온갖 힘들로 그것을 막아 세워 더 이상 버틸 수 없기 때문입니다. 인간 자신이 인간의 최대 적이라, 인류를 몇 번이라도 절

멸시킬 수 있는 무기들을 만들어냈을 뿐 아니라 병적으로 자기밖에 모르는 자들이나 허무주의자, 양심이나 공감 능력이라고는 없는 사람들의 손안에 들어가도록 방치함으로써 우리 자신이 무방비 상태가 되었습니다. 대량살상무기의 확산을 막지도 못했고, 그 무기를 사용할 생각이 있는 정도가 아니라 아마 그러고 싶은 유혹을 억누르기 힘든 사람들이 권좌에 오르는 일도 막지 못하는 사이 인류 최후의 전쟁이 벌어질 가능성은 갈수록 커져가고 있으며……

인간이 사라지고 나면 어느 고상하고 지능 높은 유인원 종족이 우리를 대신하리라는 생각은 멋진 상상이긴 하지만 그런 일은 없을 겁니다. 인간의 멸종으로 지구가 다시 기회를 맞으리라 상상하면 아마도 좀 위안이 되겠지요. 아아, 그러나 동물계 전체가 파국을 맞을 겁니다. 그 어떤 악도 그들 탓에 생기지 않았지만, 유인원과 다른 모든 생물이 우리 인간과 함께 파국을 맞을 겁니다. 그러니까, 인간이 아직 멸종시키지 않았다면 말이죠.

핵의 위협이 없다고 가정해봅시다. 기적이 일어나서 하룻밤 사이에 전 세계의 핵무기가 전부 산산이 부서져버렸다고 해봅시다. 그렇더라도 우리는 여전히 수 세대에 걸친 인간의 어리석음과 근시안적 사고와 자기기만이 초래한 위험에 직면해 있지 않을까요……

화석연료 기업, 그들은 몇이나 되고, 우리는 대체 몇입니까? 자유로운 민중인 우리가, 민주주의 사회의 시민인 우리가 그자들을 막지 못했다는 사실이, 기후변화를 부정하는 데 너무나 열심인 그들과 그들의 정치적 조력자들에게 맞서지 못했다는 사실이 도저히 믿기질 않습니다. 게다가 바로 그자들이 이미 거기서 수조 수천억 이윤을 뽑아내어 역사상 유례가 없는 갑부가 되었다는 것을 생각해보십시오. 하지만 세상에서 가장 강력한 나라가 그들 편에 서서, 기후변화를 부정하는 세력의 선두에 서서 활개 치고 있으니 우리 지구에 무슨 희망이 있겠습니까. 전 지구적 생태계 재앙에서 비롯한 식량과 식수 부족 때문에 생겨난 수많은 난민이 필사적으로 찾아간 곳 그 어디든 그들이 따뜻한 환대를 받으리라는 생각은 터무니없는 것입니다. 오히려 반대로, 우리는 머지않아 인간의 인간을 향한 비인도적 행위가 지금껏 한 번도 보지 못한 규모로 벌어지는 것을 목도하게 될 겁니다.

　남자는 훌륭한 연사였다. 앞쪽에 놓인 강연대에 아이패드를 두고 이따금 시선을 내려 그것을 보았지만, 원고를 그대로 읽는 게 아니라 통째로 암기한 듯이 말했다. 그런 면에서 배우 같았다. 좋은 배우. 훌륭했다. 단 한 번도 말하면서 주저하거나 더듬대지 않았지만, 미리 연습한 분위기도 아니었다. 재능. 권위 있는 말투였고 대단히 설득력이 있었으며, 분명 모든 말이 확신에 차 있었다. 이 강연의 토대이기도 한, 내가 읽은 글과 마찬가지로 수많은 참고 자료를 들어 자신의 주장을 뒷받침했다. 하지만 그에게는 사람들이 자신의 말을 받아들이든 말든 개의치 않는다는 분위기가 있었다. 내가 지금 하는 말은 의견이 아니라 반박할 수 없는 사실이다. 당신들이 내 말을 믿건 말건 그건 전혀 중요하지 않다. 그런 식의. 진정 그러하다면, 나로서는 그가 강연을 하는 게 이상했다. 정말 너무나 이상했다. 자기 말을 듣기 위해 모인 사람들을 실제로 앞에 두고 이야기하는 거니까, 잡지에 실린 글에서 썼던, 내가 기억하는 말투와는 다른 말투를 취하리라 생각했다. 이 자리에서는 그래도 뭔가가, 낙관적인 것까지는 아니더라도, 적어도, 어차피 완전한 파멸이라는 예언이 아닌 뭔가가 있을 줄 알았다. 적어도, 뭐라도 해볼 수 있는 길이 있다든가, 하다못해 한 가닥, 다만 한 가닥일 뿐이라도, 희망이라든가. 이제 여러분들이 내 말에 주의를 기울이고, 내 말에 혼이 나갈 정도로 겁을 집어먹었으니, 무엇을 할 수 있을지 논의해봅시다. 이런 식으로. 그게 아니라면 굳이 왜 우리를 앞에 놓고 강연하는 건가요, 선생님? 청중석에 앉은 다른 사람들도 분명 그런 심정이었을 거라고 본다.

사이버테러리즘. 바이오테러리즘. 불가피하게 또다시 닥쳐올 팬데믹. 그에 대해 역시나 불가피하게, 우리는 전혀 대비되어 있지 않다고 그가 말했다. 무분별한 항생제 사용으로 인한, 치료법이 없는 치명적 감염병. 전 세계적인 극우 정권의 발흥. 선전선동과 속임수가 정치 전술과 정부 정책의 기반이 되고, 그것이 정상으로 여겨지는 상황. 전 지구적 지하디즘을 제압하지 못하는 무능. 생명과 자유—문명이라는 이름에 값하는 것은 무엇이든—에 대한 위협이 만연하고 있습니다. 반면 그에 맞설 수단은 턱없이 부족하고……

그리고 몇몇 테크 기업들의 수중에 그렇게 막대한 권력이 집중되는 것이—그 기업들의 권세와 수익이 걸려 있는 대중 감시체제는 말할 것도 없죠—미래의 인류에게 최선의 이득이 된다고 어느 누가 믿겠습니까. 이들 기업이 지닌 도구들이 언젠가는 상상할 수 있는 가장 무자비한 종말을 초래할 아주 놀랄 만큼 효율적인 수단이 되리라는 사실을 어느 누가 진정 의심하겠습니까. 그런데도 우리는 이 첨단기술의 신과 주인 들 앞에서 얼마나 무력한지 모릅니다. 완전히 끝장나기까지 실리콘밸리는 얼마나 많은 마약성 진통제를 더 생산하려는 것일까, 이런 질문을 할 법도 하지 않나요. 어디에서든 추적하고, 끊임없이 윽박을 지르고 우리 속 동물이나 되는 듯이 푹푹 찔러대는데, 개인에게 그러지 말라고 할 선택지조차 더 이상 허용되지 않는 체제가 되었을 때 우리의 삶은 과연 어떠할까요. 다시 말하지만, 소위 자유를 사랑한다는 민족이 어떻게 이런 일을 용납할 수 있는 겁니까. 왜 사람들은 감시자본주의를 떠올리기만 해도 분노가 치밀지 않나요? 빅테크 기업에 너무 겁을 먹어 정신이 나가버린 건가요? 인류의 멸망을 연구하던 외계인이 어느 날 이렇게 결론을 내릴지도 모릅니다. 그들은 자유를 감당할 수 없었다. 차라리 노예가 되고자 했다.

그가 말하는 것을 듣거나 본 적 없이 그가 쓴 글만 읽은 사람이라면 아마 그날 밤 실제 그의 모습과는 꽤 다른 모습을 상상했을 것이다. 단어와 그 의미와 끔찍한 사실들로 미루어 아마 꽤나 격한 모습을 보이리라 상상할 것이다. 이렇게 차분하고 운율이 실린 문장들이 아니라. 이 냉철한 가면이 아니라. 딱 한 번 감정이 순간 이는 것을 보았다. 동물에 대해 말을 하다가 약간 목이 멨던 것이다. 인간에 대해서는 일말의 동정심도 없는 듯했다. 말을 하는 사이사이 시선을 들어 강연대 너머 청중을 맹금류의 눈초리로 훑었다. 나중에서야 그가 왜 질문을 받고 싶지 않았는지 이해할 수 있었다. 몰지각한 발언을 한다든가, 지금까지 한 이야기를 전혀 듣지도 않았음이 분명한 엉뚱한 질문을 하는 사람이 전혀 없는 '질의응답' 시간을 본 적 있는가? 저 연사로서는, 이런 주제의 강연을 한 후, 그런 일들은 견딜 수 없었을 것이다. 자기도 모르게 역정을 낼까 봐 걱정됐을 수도 있다. 분명 분노가 있었으니까. 억제된 냉정함 아래로 그것이 감지되었다. 깊숙이, 화산처럼 부글거리는 감정. 표출하기로 하면 그 감정은 그의 머리끝에서 뿜어져 나와 우리 모두를 잿더미로 만들 것이었다.

청중의 태도에도 뭔가 이상한 점이 있었다. 기이하기까지 했다. 자신들의 미래를 그렇게 암울하게 그려 보여주는데, 자식 세대의 미래는 더 암울하다는데, 그토록 온순하다니. 자연의 질서가 처참하게 뒤집히면서 처음에는 젊은 세대가 나이 든 세대를 부러워하고―그에 따르면 이 단계는 이미 진행 중이다―그다음엔 살아 있는 사람들이 죽은 사람들을 부러워할 시대를 그리고 있는데, 그런 게 아닌 듯이 그렇게 차분하고 공손하게 경청하는 모습이라니.

이게 갈채를 보낼 일인가 싶지만, 우리가 한 일이 바로 그거였다. 그러지 않으면 더 이상하기 때문이었을 수도 있지만―그런데 지금 얘기가 너무 앞서가고 있다.

박수갈채를 받기에 앞서, 강연을 끝내기 전에 그가 어떤 말을 꺼내는 바람에 사실 청중의 그 잔잔한 표면에 잔물결이 일었다. 청중 사이에 웅성거림이 퍼지고 (그는 모르는 척했다) 사람들이 자리에서 들썩거렸다. 몇 명인가는 고개를 절레절레 젓는 것도 보였고, 내 뒤쪽 어딘가에서 어떤 여자의 신경질적인 웃음소리도 들렸다.

다 끝났다고 그가 말했다. 너무 늦었습니다. 우리는 너무 오래 미적거리기만 했습니다. 우리가 저질러온 참담한 실수들을 제시간에 만회하기에는 우리 사회는 이미 너무나 파편화되었고 제 기능을 하지 못합니다. 게다가 어쨌든 사람들은 여전히 관심을 보이지 않으니까요. 해마다 기상이변이 일어나도, 전 세계에서 백만 종의 동물이 멸종할 위험에 놓여도, 환경 파괴가 나라의 주요 관심사로 떠오르는 법은 없지요. 게다가 최고의 교육을 받은 가장 창의적인 계층의 수많은 사람들이, 독창적인 해결책을 내주리라는 기대를 걸 만한 그 사람들이, 기대에 부응하기는커녕, 초연함, 순간에 집중하기, 주어진 환경을 있는 그대로 받아들이기, 세속적인 걱정거리 속에서 평정을 유지하기 따위의 개인적인 치유법과 유사 종교 행위에나 파묻혀 있으니 얼마나 서글픈 일입니까. (이 세상은 한갓 그림자이고 사체일 뿐 아무것도 아니다. 이 세계는 실재가 아니니 이 환영을 실제 세계로 착각하지 말라.) 자기돌봄, 일상의 걱정에서 벗어나는 것, 스트레스를 피하는 것, 이런 것들이 우리 사회 궁극의 목표가 되어버렸습니다. 분명, 사회 자체를 구원하는 것보다 더 중요해졌지요. 마음챙김을 향한 열광 역시 주의를 딴 곳으로 돌리는 또 다른 수단에 불과합니다. 당연히 우리는 스트레스를 받아야 합니다. 완전히 두려움에 사로잡혀야 합니다. 마음챙김 명상은 물에 빠져 죽을 사람이 평정심을 유지하는 데 도움이 될지는 모르지만, 타이태닉호를 바로잡기 위해 할 수 있는 일은 아무것도 없습니다. 파멸을 막을 수 있는 시기적절한 행동은 내면의 평화를 얻으려는 개인의 노력도 아니고 서로에게 공감하는 태도도 아닙니다. 그보다는 임박한 파멸에 대한 광적이면서 과도한 집단적 집착입니다.

어마어마한 규모의 고통이 우리 앞에 놓여 있다는 것을 부정하거나 그것을 모면할 수 있다고 생각해봐야 아무 소용 없습니다.

그러면 우리는 어떻게 살아야 할까요?

우선 우리가 던져야 할 질문 하나는 우리는 계속 아이들을 낳아야겠는가 하는 것입니다.

(이때, 청중석에서 웅성거림과 들썩임, 여자의 신경질적인 웃음 같은 앞서 언급한 동요가 일었다. 이는 또한 새로운 내용이기도 했다. 아이들이란 주제는 잡지에 실린 글에서는 언급되지 않았다.)

분명히 말하지만, 지금 임신한 여성들이 모두 임신중지를 고려해야 한다는 뜻이 아닙니다. 당연히 그런 말이 아닙니다. 제 말은 수 세대 동안 인류가 해왔던 식의 가족계획이라는 개념을 재고할 필요가 있다는 겁니다. 그 아이들이 사는 동안 지구가 전혀 살 수 없는 곳이 되진 않더라도, 황량하고 무시무시한 곳으로 변할 가능성이 농후한데, 그런 세상으로 한 인간을 불러내는 일이 어쩌면 잘못일지도 모른다는 말입니다. 그런 위험이 전혀 안 보인다는 듯이, 그럴 가능성이 거의 없거나 전혀 없는 듯이 행동하는 일이 이기적이진 않은지, 어쩌면 심지어 비도덕적이고 잔인하진 않은지 묻고 싶습니다.

게다가 세상에는 이미 존재하는 위협으로부터 보호받기를 절박하게 바라는 아이들이 이미 수없이 많지 않나요? 지금 수백만, 수천만 명이 온갖 인도주의적 위기로 고통받는데, 다른 수백만, 수천만 사람들은 그저 눈을 감아버리기로 하지 않았나요? 이미 고통에 시달리는 우리 곁의 하고많은 사람들에게는 왜 관심을 기울이지 못하나요?

어쩌면 여기에 우리가 우리 자신을 구원할 마지막 기회가 있는지도 모른다고 그가 목소리를 높였다. 종말에 직면한 문명에서 도덕적이며 의미 있는 방책이 딱 하나 있습니다. 우리가 인류라는 가족과 우리의 동료 생물들과 아름다운 지구에게 지금까지 저질러온 파괴적인 해악에 대해 어떻게 용서를 구하고 아주 작은 차원에서나마 그 보상을 할지 배우는 것입니다. 최선을 다해 서로를 사랑하고 용서하는 것입니다. 그리고 어떻게 작별 인사를 할지 배우는 겁니다.

그는 아이패드를 강연대에서 집어 들고는 빠른 걸음으로 무대 뒤로 사라졌다. 박수 소리에서 청중의 당혹스러움이 묻어났다. 끝난 건가? 다시 나올 건가? 하지만 연단에 모습을 드러낸 건 그를 소개했던 여자였고, 여자는 청중에게 참석해주셔서 고맙다며 즐거운 밤 보내시라는 인사를 했다.

그래서 다들 자리에서 일어나 무리 지어 강당을 빠져나왔고, 건물 밖, 상쾌한 밤공기 속으로 쏟아져 나왔다. 기록적으로 기온이 높은 해였지만 그곳 그 달의 날씨로는 계절에 딱 맞는 기온이었다.

술 한잔해야겠다. 가까이에서 그런 말이 들려왔다. 나도! 하는 대답도.

멀어져가는 사람들 무리에 까라진 기운이 감돌았다. 어떤 사람들은 멍한 표정에 말이 없었다. 어떤 사람들은 질의응답 시간이 없었던 것을 지적했다. 너무 거만하잖아. 누군가 말했다. 객석이 꽉 들어차지 않아서 성질이 났나 보지. 또 다른 사람이 말했다.

진짜 재미없어. 그런 말도 들렸다.

네가 오자고 했지, 내가 안 그랬다. 그런 말도.

나이 든 사람들의 무리 한가운데에서 한 노인이 이렇게 사람들을 웃기고 있었다. 아! 다 끝났어요, 다 끝났다고요, 다아아 끝났습니다. 로이 오비슨*인 줄 알았다니까.

완전 신파야…… 무책임하고. 이런 말도 들렸다.

하나같이 다 맞는 말이야. 이런 말도.

(분개한 목소리로) 도대체 그래서 뭘 어떻게 하자는 거야? 이런 말도.

난 걸음을 빨리하여 사람들 무리에서 벗어났다. 그런데 한 남자가 거의 나와 발을 맞춰 걷고 있었다. 객석에서 봤던 사람이었다. 검은색 정장에 운동화를 신고 야구 모자를 쓰고 있었다. 혼자였고, 걸으면서 그 많은 곡 중에서 〈내가 가장 좋아하는 것들My favorite things〉을 휘파람으로 불고 있었다.

술 한잔해야겠어. 솔직히 어디선가 이 말이 들리기 한참 전부터 나 역시 그런 마음이었다. 숙소로 돌아가기 전에, 잠자리에 들기 전에 한잔하고 싶었다. 올 때도 걸어왔으니 (2킬로미터도 되지 않았다) 갈 때도 걸어갈 작정이었고, 가는 길에 술—와인 한 잔을 원했다—을 마실 수 있는 장소가 여럿 있었다. 하지만 처음 와본 동네이고, 혼자서 편히 술을 마실 만한 곳이 있을지, 있다면 어디일지 알지 못했다.

---

* 미국 가수.

들여다보는 곳마다 너무 붐비거나 너무 시끄럽거나, 어떤 이유로든 들어가고 싶은 마음이 들지 않았다. 외로움과 실망감이 밀려들었다. 익숙한 기분이었다. 휴대용 술병을 들고 다니기 시작했다는 어떤 여자 생각이 났다. 그만 포기하려는 순간, 숙소 근처 모퉁이에 카페 하나가 있었다는 게 떠올랐다. 앞서 그 앞을 지나갈 때 보니 텅텅 비어 있었고, 와인도 팔았다.

물론, 이 시간에는 비어 있지 않았다. 하지만 거리에서 들여다보니 빈 테이블은 없었지만 바에 앉을 자리가 있었다.

나는 들어가 앉았다. 순간 공황 상태에 빠졌는데, 내 눈에는 대화를 즐기는 유형으로 보인, 화려한 문신에 수염을 기른 젊은 남자 바텐더가 딱히 상대할 다른 손님이 있는 것도 아니면서 나를 무시했기 때문이다. 언제나 기댈 구석이 되어주는 휴대전화를 꺼내 몇 분간 만지작거렸다.

장미 꽃잎의 빗방울과 새끼 고양이 수염.*

드디어 바텐더가 내 쪽으로 슬슬 걸어와 (그러니까 내가 투명인간은 아니었던 거다) 주문을 받았다. 드디어 술이 내 앞에 놓였다. 레드 와인, 내가 가장 좋아하는 것들 중 하나. 생각할 거리가 많았던 고되고 긴 하루의 끝, 와인 잔을 앞에 두고 앉으면

---

* 영화 〈사운드 오브 뮤직〉의 삽입곡 〈내가 가장 좋아하는 것들〉 가사의 일부.

마음을 가다듬기가 더 수월하겠지. 하지만 바로 뒤쪽 테이블에서 들려오는 대화에 이내 정신이 흐트러지고 말았다. 두 사람이 었는데, 몸을 돌리지 않는 한 볼 수는 없었다. 몸을 돌리지는 않았다. 그러나 곧 그들 대화의 요지를 파악할 수 있었다.

아버지와 딸. 어머니는 세상을 떴다. 병으로 오래 고생하다 일 년 전에 죽었다. 유대인 가족이었다. 사실을 밝힐 때가 왔다. 다른 곳에 사는 딸이 기일을 맞아 왔다. 아버지는 내내 웅얼거림과 크게 다를 바 없이 나지막하게 말했다. 딸의 목소리는 점점 커지더니 급기야는 소리를 지르다시피 했다. 무슨 이유에서인지 바텐더가 음악 소리를 더 키웠기 때문이기도 했다.

네 엄마한테는 정말 힘든 일이었어.

알아요, 아빠.

그동안 엄마가 겪은 게 말이야.

안다고요. 나도 같이 있었잖아요.

그래도 용감했지. 그 누구보다 말이야.

안다고요, 아빠. 나도 같이 있었다고요. 내내 같이 있었잖아요. 사실 아빠와 하고 싶은 얘기가 있었어요. 그때 상황이 어땠는지 기억하시죠, 아빠. 그 뒤치다꺼리를 내가 다 했잖아요. 아빠는 엄마 걱정만 하고, 엄마도 아빠 걱정만 하고. 물론 두 분에게 그게 얼마나 힘든 일이었는지는 나도 잘 알아요.

네 엄마가 얼마나 힘들어했는지 기억이 생생해.

아빠와 이 얘기를 하고 싶었어요. 그때는 나도 정말 힘들었어요—근데 그걸 제대로 알아주는 사람은 아무도 없었죠. 엄마 아빠는 서로에게 힘이 되어주려 했고, 두 분 곁에는 제가 있었죠. 하지만 내 곁엔 아무도 없었어요. 내 욕구는 늘 뒷전으로 밀려났고, 엄마 아빠는 한 번도 진심으로 거기에 신경을 써준 적이 없잖아요. 심리치료사 말이 그래서 내게 그렇게 문제가 많은 거래요.

(알아들을 수 없는 말소리.)

알아요, 아빠. 하지만 지금 내가 하는 말은 나도 힘들었고, 지금도 힘들고, 그 점을 좀 알아달라는 거예요. 지금까지 내내 이어지고 있고, 지금도 매일 내 삶에 영향을 주고 있다고요. 심리치료사 말이 그 문제를 해결해야 한대요.

예식은 잘 치른 것 같아. 예식은 어땠니?

숙소로 돌아오니 호스트가 차가 담긴 머그잔을 앞에 놓고 식탁에 앉아 있었다.

나를 봤다고 호스트가 말했다. 밑도 끝도 없이 그렇게 말했다.

강연에서요. 거기서 봤어요.

아, 전 못 봤어요. 내가 말했다.

뒷자리에 앉아 있었잖아요. 난 한참 앞쪽에 있었어요. 친구랑 함께 있었는데, 그 친구는 항상 앞쪽에 앉는 걸 좋아하거든요. 끝나고 나가면서 당신을 봤어요. 어디 들러서 요기를 했나 봐요?

네. 그렇게 거짓말을 하고 나자 좀 어처구니가 없었다. 오다가 술 한잔했다고 말하기가 부끄럽기라도 하단 말인가? 사실 그날 병원을 나선 후로, 병원에서 본 광경과 그곳에서 맡은 냄새 때문에 아무것도 먹지 못했다.

호스트가 차를 끓여주겠다고 했지만 괜찮다고 했다.

당신은 어떤지 모르겠지만 그 남자 정말 마음에 들지 않았어요. 호스트가 말했다. 내 친구가 워낙 열렬한 팬이라 꼭 봐야 한다고 해서 갔는데. 솔직히 그 사람 코앞에 앉아 있지만 않았다면 중간에 일어나서 나갔을 거예요. 물론 그 사람이 대단한 지식인이고 대단히 중요한 이야기를 하는 건 알겠지만, 내 생각엔 말투가 참 중요한데, 그 사람 말투는 정말 너무 거슬렸어요. 지금 상황이 얼마나 심각한가, 그 주장이 틀렸다는 게 아니에요. 나도 손주들의 미래를 생각하면 정말 걱정이 된다고요. 그렇지만 그런 식으로, 희망이라고는 없다는 식으로 말하는 건, 모르겠어요, 그건 아닌 것 같아요. 사람들에게 희망이 전혀 없다고 말할 수 있는 권리는 그 누구에게도 없다고 봐요. 다짜고짜 벌떡 일어나 일말의 희망도 없다고 하다니, 그건 아니잖아요! 게다가 말이 안 돼요. 사람들에게서 희망을 빼앗아놓고는, 사람들이―정확히 뭐라고 했죠?―서로를 사랑하고 아껴주기를 기대할 수 있다는 건가요? 그런 일이 대체 어떻게 가능하죠?

좋은 지적이라고 내가 동의했다.

게다가 사람들이 정말로 삶에 희망이 없어서 아이를 낳지 않는 상황을 상상할 수 있어요? 무슨 디스토피아 소설에 나오는 이야기 같아요. 실제로 그런 내용을 어느 책에선가 분명 읽었어요. 아니면 국가가 임신을 범죄로 취급했다는 거였던가. 잊어버렸어요. 어쨌든 그런 얘기를 진지하게 한다고는 믿을 수가 없어요. 사람들에게 아이를 낳지 말라고 하다니. 도대체 뭐 하는 사람이에요?

내가 전에 사귀던 사람이에요. 하지만 그 말을 입 밖에 내진 않았다.

그리고 그 강연을 대학에서 열었는데도 젊은 사람들은 거의 없는 거 봤어요?

그렇더라고요.

젊은 사람들 관심사가 아닌 거죠. 그가 말했다.

뭐, 그렇게 저녁시간을 보내도 나쁠 건 없겠지만. 그가 말했다. 어떻게 생각해요?

나쁠 건 없겠다고 내가 동의했다.

정말 차 안 마실래요? 뭐 다른 거라도? 와인?

아니요, 괜찮아요.

내 방으로 가려다가, 강연장을 나서며 〈내가 가장 좋아하는 것들〉을 휘파람으로 불던 남자가 생각나서 그 얘길 해주었다.

아, 정말 웃기네요. 그가 말했다. 새된 소리로 경적을 울리듯 웃었다. 그 감상적인 노래는 전혀 내 취향이 아니지만 가사는 다 알죠.

그렇게 나는 그날 하루 겪은 기묘한 순간들에 더해, 낯선 집의 부엌에서 내가 잘 알지도 못하는 여자가 〈내가 가장 좋아하는 것들〉을 처음부터 끝까지 부르는 것을 들으며 서 있었다.

침대에 누워 불을 끄려다가, 협탁에 쌓여 있는 미스터리 소설 중 맨 위쪽 책을 집었다. 1970년대 뉴욕의 지저분하고 누아르적 세계를 배경으로 하는, 하이스미스와 심농의 전통을 잇는 심리 스릴러.*

한 남자가 자신의 아내를 죽일 계획을 세운다. 결혼한 지 별로 오래되지는 않았는데, 처음 만나서 성적으로 서로에게 빠졌던 짧은 기간을 빼면 그가 아내를 진정으로 아낀 적은 없었다. 남자는 여자를 증오하게 되었는데, 여자가 비열하고 이기적인

---

* 퍼트리샤 하이스미스는 미국의 범죄소설 작가로 '리플리 5부작'으로 유명하고, 조르주 심농은 벨기에의 추리소설 작가로 매그레 반장 시리즈가 유명하다.

데다 남자를 경멸하는 태도로 대했으니 그럴 만도 했다. 이 남자의 내면 깊숙이에는 항상 여성혐오가 깔려 있었고, 거기엔 어릴 때 툭하면 그에게 폭력을 휘두르던 어머니 탓도 있었다. 그가 즐겨 찾는 시내의 매춘부부터 법적인 관계인 아내에 이르기까지, 그는 어떤 여자든 성관계를 하고 나면 강한 수치심에 시달렸다. 어린 시절부터 그는 어머니를 시작으로 이런저런 특정한 여자를 살해하는 공상에 자주 빠졌다. 마음속으로 그 여자들을 '후보'라고 불렀다. 그러니까 교살 후보들.

그 남자는 신혼여행 장소였던 카리브해 리조트로 두 번째 신혼여행을 떠날 계획을 세웠다. 범행 장소로 그 리조트를 선택한 이유는 호텔방 발코니로 누군가 침입한 흔적을 꾸며내기가 쉬울 거라고 보았기 때문이다. '절도범'이 혼자 있는 아내를 발견하고 결국 목 졸라 죽이게 될 것이다. 남자는 꼼꼼하게 신경 써서 세세한 계획을 세웠고, 몇 달 뒤로 잡아놓은 여행 날짜가 다가오길 기다린다. 그러다가 아내의 행동이 어딘가 달라진 것을 눈치채게 되는데, 무슨 일인지는 알 수가 없다. 아내가 뭔가를 숨기고 있다고, 자신의 계획을 망칠 수도 있는 뭔가를 숨기고 있다고 확신하기에 이른다. 알고 보니 아내의 비밀은 임신했다는 것이었다. 남자는 그 사실을, 아내가 막 임신 중절을 했다는 사실과 함께 알게 된다. 비록 신앙생활은 등한시했지만 어쨌든 가톨릭 신자인 아내는 자신이 지옥에 갈 거라는 강박에 시달린다.

이런 행운이 찾아오다니 남자는 믿기질 않는다. 굳이 그 먼 아루바섬까지 갈 필요가 없다. 절도범이 호텔방에 침입했다고 꾸밀 필요도 없다. 무엇보다도, 더 기다릴 필요가 없다는 게 더없이 좋았다. 아내는 스스로 목숨을 끊을 완전히 그럴듯한 명분을 그의 손에 쥐여주었다. 교회의 눈으로 보자면 자신은 살인을 저지른 셈이라며 친구에게 울면서 하는 얘기를 엿들은 적도 있다. 그래서 남자는 새로운 계획을 세우기 시작한다.

그런데 계획을 실행에 옮기기도 전에 아내는 또다시 뜻밖의 일을 저지른다. 그 존재를 전혀 짐작조차 못 했던 남자 친구와 도망을 가버린 것이다. 이에 남자는 솟구치는 분노를 주체하지 못하고 야수처럼 날뛴다. 곧장 사창가로 차를 몰고 가서 매춘부를 목 졸라 죽이고, 하필 그때 옆방에서 TV를 보고 있던 포주까지 죽인다. 나중에 그는 여자를 죽일 때도 자신이 갈구하던 격렬한 흥분과 해방감을 맛보았지만 남자를 죽일 때는 자부심이 들었다는 사실을 떠올린다. 시간이 더 흐른 뒤 여자를 죽일 때의 감정을 반추해본다. 여자에게 반감 같은 것은 전혀 없었다. 죽어도 싸다는 생각도 하지 않았다. 하지만 측은한 마음도 없었다. 어차피 창녀이고, 창녀가 살해되는 일이야 늘 벌어지지 않는가. 어차피 창녀란 그런 존재니까.

1부가 그렇게 끝났다.

퍼트리샤 하이스미스는 자신이 범죄자를 좋아한다고 인정한 적이 있다. 활력이 있고, 영혼이 자유로우며, 누구에게도 머리 숙이지 않는 그런 유의 인간들이 무척 흥미롭고 심지어 탄복할 만하다고 했다. 하지만 대부분의 범죄소설에 등장하는 범죄자들은 그렇지 않다. 특히 살인범은 그렇지 않고, 연쇄 살인범은 더더욱 그렇지 않다. 이 소설의 살인범은 잔인한 사이코패스에게 흔히 보이는 일차원적 인성을 지녔다. 양심과 공감 능력이 결핍된, 잔인하고 가학적인 인물이다. 그나마 그를 약간 호의적으로 보게 되는 건, 그가 자기향상의 열망을 지녔기 때문이다. 이십 대 때 그는 자신이 어떤 식으로든 인생의 아주 중요한 부분을 놓쳤다는 생각에 사로잡혔다. 그는 그 부분을 예술을 이해하고 감상하는 것과 연결 지었다. 소설의 첫 장면, 아름다운 여름날 해 질 녘에 남자는 지은 지 얼마 안 되는 환한 링컨센터 건물에서 혼자 돌아다니고 있다. 광장의 중앙 분수대 주변 물보라에 피어난 무지개를 보며 그는 이런저런 공연을 보러 몰려가는 사람들을 부러운 시선으로 바라본다. 그는 단 한 번도 그렇게 해본 적이 없을 뿐 아니라 그러는 자신을 상상할 수조차 없다. 야만적인 범죄를 계획하는지도 모르지만 동시에 '교양을 더 쌓는' 공상도 하는 것이다. 바로 그 열망에서 그는 나중에 컬럼

비아 대학교 수업에 몰래 들어간다. 더 교양을 쌓고, 대단한 책들을 읽고, 음악과 예술에 대해 배우고. 이것이 바로 그가 아내 살해 충동을 자신의 몸에서 없애버리고 나면 해보고 싶은 일이다. 나로서는 살인범에게 이런 측면이 있다고 해서 호감이 생기지는 않았다. 하지만 측은하기는 했다. 그의 죄악만큼이나 이런 장점 때문에도 그가 결국 파멸하리라는 감이 왔다.

하지만 굳이 더 알아내지 않아도 전혀 상관없었다. 삼십 쪽쯤, 1부 끝에서 그만 읽어도 아무렇지 않았다. 살인 사건이 어떻게 해결될지도 별로 궁금하지 않았다. 미스터리물이 어떻게 끝나는지는 내게 전혀 중요하지 않다. 사실 우여곡절과 반전을 수없이 거치고 또 다른 난리법석으로 한참을 끌다가 이르는 결말은 대개 허탈했고, 나쁜 놈이 잡혀서 궁극적으로는 법의 심판을 받거나 파멸되는 대목은 하나같이 그 이야기에서 가장 흥미롭지 않은 부분이다.

내가 좋아하는 이야기 중에 요양원에 사는 한 여성의 이야기가 있다. 그에게는 책이 한 권 있는데, 미스터리물인 그 책을 매번 새로 읽듯 읽고 또 읽을 수 있었다. 그 책을 끝마칠 때쯤이면 읽은 내용을 다 잊어버려서, 다시 읽더라도 결론이 어떠했는지 기억하지 못하기 때문이다.

숙소의 호스트는 귀가 잘 들리지 않는다. 일부러 조용히 들어오지 않아도, 내가 거실에 들어오는 소리를 잘 듣지 못했다. 다음 날 아침, 떠날 준비를 하고는 그에게 고맙다는 말과 작별 인사를 하려고 했다. 호스트는 창가에 서서 밖을 내다보고 있었기에 나를 보지 못했다. 내가 입을 열자, 헉 소리와 함께 가슴에 손을 얹으며 몸을 돌렸다.

어떤 나이가 지나고 나면 다시 아기 적 분위기가 나타나는 여성들이 있다. 얼굴에 살이 오르면서 동시에 늘어지기도 해서, 아기 때 어떻게 생겼을지 그 얼굴을 보면 알 수가 있다. 그때 나를 돌아본 그의 얼굴이 그랬다. 겁먹은 아기 같았다. 울고 있어서 그런 인상이 더 강해졌는지도 모른다.

아, 그럼요, 괜찮죠. 그가 짧고 강한 웃음을 내뱉으며 말했다. 아무 일도 없어요, 전혀요. 그냥, 그러니까, 그냥 생각을 좀 하고 있었어요.

간밤에 청중 사이에서 당신 모습이 눈에 띄어 내가 얼마나 놀랐을지 생각해봐. (하고 그가 썼다.) 이곳으로 이사를 온 건가? 전혀 몰랐네. 나와 이야기를 하고 싶었던 거라면 나중에 나를 찾았겠지. 내 눈에 띄기를 원했다면 그렇게 뒤쪽에 앉지도 않았겠지. 여하튼 당신을 봤고, 찾아와줘서 고마운 내 마음은 알아줬으면 해. 저녁 식사를 마치고 당신을 찾아볼까 했지만 식사가 너무 늦게까지 이어졌어. 아침 일찍 일어나도 괜찮다면 떠나기 전에 내가 묵는 호텔에서 아침을 함께 할 수도 있지 않을까 생각했는데, 문득 당신으로서는 나와 아침을 먹는다는 생각만으로도 끔찍할 수 있겠다 싶었지. 어쨌든 이젠 다 늦은 일이고. 난 지금 공항에 있으니까. 다시 한번, 와줘서 고마워. 당신이 거기서 내 말을 듣고 있다는 사실이 강단에 선 내게는 커다란 의미가 있었어. 별일 없기를 바라고, 이런 내 편지가 기분 나쁘지 않았으면 좋겠어. 괜히 괴롭히는 게 아닌가 걱정되지만 그래도 이렇게 하는 게 맞겠다 싶었어. 당연한 말이지만, 답장을 해야 하나 그런 생각은 할 필요 없고.

내게 괴로웠던 일은 훨씬 늙어버린 그를 보는 것이었다. 잘생긴 인물은 아니었지만, 그래도. 늙어가는 자신의 모습을 보는 일보다 더 힘든 것이 딱 하나 있다면 그것은 사랑했던 사람이 늙어가는 모습을 보는 일이다.

그냥 생각을 좀 하고 있었다고, 그가 말했다.
플로베르는 생각하는 것은 곧 고통스러움이라고 했다.
그건 느끼는 것은 곧 고통스러움이라는 아리스토텔레스의 말과 같을까?

언제나 관객을 가능한 한 고통스럽게 만들어라. 앨프리드 히치콕.

아이고, 죽겠네.* 고양이 실베스터.

---

* Sufferin' succotash. '고통받는 구세주'의 완곡법으로, 〈루니 툰스〉의 캐릭터 고양이 실베스터가 입버릇처럼 쓰는 감탄사.

2

    내 친구가 받은 암 치료—아직 실험 단계인 치료법 한 가지를 포함하여—는 의사들이 조심스럽게 제시했던 기대치 이상으로 성공적이었다.

    살 수 있다고 했다.

    그보다는, 친구 표현대로, 죽지 않을 거라고 했다.

    실제 친구가 한 말은, 당장은 파티장을 떠나지 않아도 된대였다.

    이제 친구는 환희와 우울 사이를 오락가락했다. 환희의 이유는 분명했다. 우울은, 글쎄, 그 자신도 정확히 까닭을 몰랐지만 그런 일이 생길 수 있다는 주의는 들었다고 했다.

    터무니없이 들리겠지만, 하고 친구가 입을 열었다. 지금껏 내내 이제 끝이라는 생각으로 준비를 하려고 애썼는데 살 수 있다니 김이 빠지는 기분이야.

사실 암 진단을 받은 후 친구의 처음 생각은 어떤 치료도 받지 않겠다는 것이었다. 자신에게 생긴 암의 유형이 자신과 같은 단계에서 발견되었을 경우의 생존율을 알게 된 친구는 (담당 종양 전문의는 정확한 숫자를 알려주려 하지 않았지만 자신이 찾아본 바에 따르면 50 대 50이라고 했다) 고통스러운 치료가 몸을 축내며 길게 이어지리라고 예상했다. 그동안에는 몸이 아파 살아 있다고 할 만한 어떤 생활도 할 수 없을뿐더러, 십중팔구 자신을 살려내지도 못할 거라고 했다. 그런 일을 너무 많이 봤다고 말했다. 그건 나도 마찬가지였고, 우리 다 마찬가지였다. 그래도 우리는 포기하지 말라고 열심히 설득했다. 병을 이길 수 있는 방법이라면 다 해봐야 한다고 주장했다. 50 대 50이면 확률이 아주 낮은 것도 아니지 않냐고.

결국, 설득하기가 그렇게 힘들지는 않았다. 그 자신도 그렇게 일찍 파티장을 떠나고 싶지는 않았던 것이다. 모르모트가 되어 보는 것도 나쁘지 않지. (의사는 거듭 그 표현에 이의를 제기했지만 친구는 그 명칭을 고수했다.)

친구의 마음을 돌리려고 애쓰지 않았던 사람이 딱 하나 있었다. 친구의 딸은 그저 이렇게 말했다. 엄마가 결정할 일이죠.

그 이야기를 들었을 때 난 가슴이 쿵 내려앉았다. 그 모녀에게는 파란만장한 역사가 있었다. 서로에게 뼈 있는 말을 얼마나 많이 던졌는지 그 뼈를 다 모으면 골격 하나는 충분히 나올 거라고, 친구가 농담 삼아 말했다. 친구는 딸과의 관계에 대해 농담을 자주 했는데, 유머가 늘 두드러진 면이어서이기도 하고, 어려운 상황에 대처하는 나름의 방법이기 때문이기도 했다. 난 그 딸이 태어나던 때를 기억한다. 임신 중에도 유난히 힘들어했고, 산고도 얼마나 호되게 겪었던지 분만 후 출혈이 너무 심해 수혈을 받아야 했다. 괴물을 세상에 내놓으려면 그런 일이 벌어지나 봐. 친구는 나중에 그렇게 농담했다.

두 사람이 사는 곳은 삼천 킬로미터 넘게 떨어져 있었고, 친구가 암 진단을 받을 당시엔 서로 연락을 하던 때였지만, (내가 기억하기로는 그러지 않았던 적이 아주 많다) 수년 동안 별로 연락하지 않고 지냈다.

같이 사는 남자를 만나본 적도 없다고 친구가 내게 말했다. 결혼했다는 소식을 나중에 듣게 된다 해도 놀랄 일도 아니지.

엄마가 결정할 일이죠. 그런 반응에 내가 왈가왈부할 입장은 아니었다. 그 말에 더없이 잔혹하고 불길한 함의가 있다고 여길 것도 아니었다. 하지만 그 말이 친구에게 어떻게 다가왔을지, 얼마나 커다란 고통을 안겼을지는 알았다.

이 모녀를 생각할 때면 거듭 내 머리에 떠오르는 표현은 혈육

답지 않다는 것이었다. 내가 기억하는 한, 두 사람 사이에는 늘 오해만 있는 것 같았다. 한 지붕 아래에 살 때에도 애정을 보이는 경우는 드물었다. 딸이 독립하자 그마저 흔적도 없이 사라졌다.

이럴 줄 미리 알았다면, 하고 친구가 운을 떼었을 때 난 그다음은 당연히 이렇게 이어지리라 보았다. 절대 아이를 낳지 않았을 거야. 실제로 친구가 한 말은 하나라도 더 낳았을 거였다.

옛날 옛적에는 병이나 장애, 애정 결핍, 나쁜 행동거지 같은 어떤 특성으로 인해 자기 자식이지만 종잡을 수가 없거나 싫은 마음까지 들면, 부모들은 도둑이 (많은 민담에서 이 도둑은 주로 악마나 요정이다) 진짜 자식을 훔쳐가고 그 대신 사실은 트롤이나 작은 악마인, 인간 아닌 다른 어떤 존재를 놔두고 갔다고 기꺼이 믿었다. 바꿔치기된 아이라는 전설이 얼마나 아동학대를 정당화해왔을지 생각해보라. 체벌, 방치, 유기, 심지어 영아 살해까지.

세상에 나온 친구의 딸을 보는 순간, 혹시라도 뒤바뀐 아이가 아닐까 하는 생각은 쉽게 치워버릴 수 있었다. 엄마처럼 예쁜 파란 눈에, 눈동자 둘레로 금색 테두리가 있는 것까지 똑같았다. 하트 모양의 얼굴과 활 모양으로 휜 다리도 똑같았고, 목소리를 구분하기도 힘들었다. 그런데도 친구가 이런 말을 한 게 한두 번은 아니었다. 내가 중세에만 살았어도 내 딸이 바꿔치기

된 아이라고 장담했을 거야.

무슨 뜻이냐고 물으면 울화가 치미는 듯 한숨을 내뱉었다. 그냥 내 딸 같지가 않아.

난 그 말을 들을 때마다 오싹했다.

그리고 친구가 그 말―이럴 줄 미리 알았다면 하나라도 더 낳았을 거야―을 했을 때도 역시 오싹했다. 하지만 이해는 됐다. 아이가 하나 더 있었으면, 그래서 그애와 좋은 관계를 맺을 수 있었다면, 지금 딸아이와 사이가 이렇게 안 좋은 것이 다 친구 탓만은 아닌 거잖아? 난 이해했다. 아니면, 적어도 이해하려 했다.

친구는 또한 딸이 아니라 아들이었다면 만사가 달랐을―더 나았을―거라고 주장하기도 했다.

이것은 내가 지금껏 들은 가장 슬픈 이야기다. 20세기의 아주 유명한 소설 가운데 이렇게 시작하는 소설이 있다. 엉망진창인 자신들의 삶에 대해, 특히 불행한 가족사에 대해 이야기하는 사람들을 볼 때면 종종 그 문장이 떠오른다.

딸의 아버지가 있었다, 당연히. 아니, 그저 아버지의 유령이라고 해야 할까. 두 사람은 고등학교 시절 내내 같은 무리에 섞여 어울렸고, 종국에는 그가 육군에 징집되기 직전에 아주 잠깐 연인이 되었다. 전쟁이 끝나고 돌아왔을 때 두 사람은 관계를 이어보려 했지만 실패했다. 이별 섹스에서 생긴 게 바로 걔야. 친구가 그렇게 털어놓았다.

끝났다는 건 알았지. 친구가 말했다. 하지만 서로에게 화가 나 있던 건 아니었고, 난 앞으로 언제 또 섹스를 할 수 있을지 알 수 없었어. 그래서 내가 마지막으로 한 번 하자고 고집했어.

결혼할 생각은 한 번도 해본 적 없다고 친구가 말했다. 그를 사랑하지 않았으니까. 사랑했던 적도 없었고—고등학교 시절의 향수가 아니면 우리 둘 사이에 공통된 관심사라고는 없었어—앞으로의 내 삶에 그 남자를 들이고 싶은 마음도 없었어. 아이를 가졌다고 알릴 때에도, 그에게 아무것도 바라지 않는다는 점을 명확히 했어. 부모님은 부자였고, 딸이 아이를 가졌다는 사실을 알고 두 분은 화를 내기보다 기뻐했지. 자식을 하나만 둔 것을 늘 후회하셨거든. 상황이 어떻든 손주가 생기는 것은 축하할 일이었어.

전쟁에서 돌아온 그는 자신이 아버지가 될 준비가 되지 않았다는 사실만 빼면 자기 인생에서 확실한 것이라고는 없이 갈팡질팡하고 있었으므로 거기서 자기를 빼주는 계획은 두 손 들어 환영했다. 어쨌든 고향을 떠나 다른 곳에서 새로 시작할 마음이기도 했다. 그는 아이가 태어나는 것을 보지도 않고 떠나버렸다.

십 년쯤 아무 연락이 없다가 사망 소식이 날아왔다. 어느 날 그와 그의 부인이 시골로 드라이브를 갔다가 어떤 집 이 층에 불이 난 것을 목격했다. 나중에 부인이 설명하기로는 남편이 비명 소리를 들었다고 했다. 그는 집 안으로 뛰어 들어가 위층으로 올라갔고, 열기와 연기에 심장마비를 일으켰다. 소방대원이 곧바로 도착했지만 소생시킬 수 없었다. 비명 소리로 말하자면, 부인은 아무 소리도 못 들었다고 말했고, 나중에 밝혀진 바로는 불이 났을 당시 집 안에는 아무도 없었다.

그 얘기를 절대 딸에게 하지 말았어야 했다고 친구가 말했다. 내내 걔 아버지가 누군지 모르는 척했어야 했는데.

어미의 눈에 그 아비는 애초부터 대수롭지 않은 존재였고, 시간이 갈수록 존재감이 더 줄어 사실상 없는 거나 매한가지였다. 하지만 딸에게는 부재하기 때문에 오히려 아버지라는 존재가 점점 더 커졌고, 죽음과 함께 거대한 존재가 되었다.

눈에 띄게 훤칠한 인물—고등학교 앨범을 보면 알 수 있다. (엄마보다 훨씬 더 예쁜 여자랑 사귀어야 마땅한 남자라는 건 엄마도 알았겠네. 딸이 엄마에게 날린 수많은 날카로운 화살 중 하나였다.) 군인이라니. 용감하고 얼마나 로맨틱한가. 불타는 집에서 모르는 사람을 구하려고 자기 목숨을 던진 영웅. 그런 남자가 자기 자식을 그냥 버렸을 리가 없다. 그런데도 난 아버지를 한 번도 만난 적이 없다. 말 한마디 나눠본 적 없다.

그러니 그게 누구 탓인가.

어느 날 딸의 옷장을 청소하다가 딸이 몰래 아버지에게 써온 편지를 발견했을 때는 가슴이 찢어지더라. 친구가 말했다.

편지에 엄마와 조부모를 향한 증오를 전부 쏟아부은 것 같았어.

그 사람들이 아버지에게 기회를 주지 않았다는 걸 알아요. 엄마가 어떤 사람인지 아니까. 엄마는 자기 식대로 하기 위해서라면 무슨 일이든 할 수 있는 사람이라는 걸 아니까.

딸은 아버지 없이 자랐다는 사실이 끔찍이 싫었다. 어릴 때 친구 중에 그런 사람은 자기밖에 없었다. 아버지가 없다는 수치스러움을 절대 떨쳐내지 못했다. 엄마가 누구를 사귀든 그 사람에 대한 적대심도 똑같이 지속되었다. 친구는 결혼한 적은 없지만 딸이 자라는 동안 몇몇 남자와 사귀었는데, 딸은 그들 모두에게 지독히도 무례하게 굴었다. 그 때문에 헤어진 남자도 몇 있었다고 해도 그리 부당한 말은 아닐 것이다.

딸은 자신과 엄마가 마치 자매인 것처럼 조부모의 집에서 사는 것을 지독히 싫어했다. (솔직히 육아는 대부분 엄마가 도맡아 하셨던 게 사실이야. 친구가 말했다. 엄마도 그걸 원했고. 그래서 정말 내가 엄마라기보다 언니같이 느껴지긴 했어.) 딸은 엄마와 조부모가 사이좋게 지내는 모습을 참을 수가 없었다. 자신은 이방인이었고, 엄마 쪽 사람들, 도대체 함께 어울릴 수 없는 그들과는 다른, 아버지의 딸이었다.

우리 사이를 갈라놓은 그 여자를 절대 용서하지 않겠어요.

그 여자는 당연히 나고. 친구가 말했다.

그 편지들은 연애편지였다.

제 아빠를 위대한 열정의 대상으로 삼은 거야. 친구가 말했다. 아빠와 한 시간이라도 함께 보낼 수 있다면 우리 가족 전부를 노예로 파는 일도 마다하지 않았을 거야.

제일 속상한 게 바로 그거야. 그래, 나는 증오해도 돼. 임신한 것도 나고, 그럼에도 결혼은 하지 않겠다고 했고, 형편없는 엄마였으니까. 하지만 우리 부모님이 뭘 어쨌다고? 부모님이 하신 일이라고는 손주를 사랑하고 돌봐준 것뿐인데, 그분들의 황금기여야 할 그 시간을 그애가 참담하게 망쳐놨어. 그건 내가 절대 용서할 수가 없어.

이럴 줄 미리 알았다면, 손주를 하나 더 낳아드렸을 거야.

이것은 내가 지금껏 들은 가장 슬픈 이야기다.

친구의 딸은 중학교 때 자기 아버지를 주제로 시를 썼는데 그중 이런 대목이 있었다. "불타는 집 안에 있었던 건 나였어요/아버지가 들은 비명은 내 비명이었어요."

그애의 삶 전체가 어찌나 한 편의 비극인지. 그애 엄마인 내 친구는 이렇게 표현했다. 사랑을 듬뿍 받았고 다들 좋아했던 이 아이, 고통이 만연한 세계에서 가능한 온갖 특권은 누리며 자란 이 아이가, 자, 지금 어때. 마치 자기가 고아인 양, 난민인 양, 빌어먹을 표류난민인 양 굴잖아. 뻔뻔하게도 심지어 스스로를 그렇게 부르기도 했다고.

"나는 정서적으로 표류난민이다." 딸의 시엔 이런 대목도 있었다.

친구의 부모님도 그 시를 보고 무척 상심하셨다. 그 시에서 무정한 부자 속물이라고 그들을 비난하고, 애정이 넘치는 가족이 아닌 적으로 그렸기 때문이다.

더는 참을 수가 없었어. 친구가 말했다. 게다가 학교는 한술 더 떠 그 시에 상을 줬다고!

이쯤에서 밝히는 것이 좋겠다. 나는 친구의 딸에게 딱히 공감해본 적이 없다. 한 번도 마음에 들지 않았다. 참 희한하게도 정이 안 가는 아이였다고 할까. 그렇게 싫은 마음이 들어서 스스로 얼마나 죄책감이 들었던지 기억이 난다. 결국 어린아이였을 뿐이니까. 하지만 그렇게 마음에 들지 않는 아이는 본 적이 없다. 거의 사기꾼 수준으로 거짓말을 했다. 일부러 인형을 망가뜨렸다. 달라고만 하면 가질 수 있는 것들을 훔쳤다. 자기보다 어린 아이들을 괴롭혔다. 제 할머니가 새끼 고양이 한 마리를 주었는데, 얼마나 끈덕지게 못살게 굴었는지 거의 길고양이가 되다시피 했다.

대학에 진학할 때가 되자 그애는 멀리 떨어진 주의 학교에만 지원했다. (가능한 한 나한테서 멀리 떨어지고 싶어서 그래. 친구가 그렇게 말했는데 정확히 그랬다.) 그리고 대학을 졸업한 뒤 더 멀리 갔고, 몇 년인가는 외국에서 살았다. 글쓰기에 재능도 있고 열정도 있었는데, 문학 관련 직업을 찾지 않고 (내 뒤를 따른다고? 그럴 일은 절대 없지) 사업을 시작했다. 특히 경영 자문 일을 했는데 결과적으로 호텔과 오락 사업을 중점적으로 맡게 되었다. 이 분야에서 일종의 전문가가 되었고, 일하느라 여행을 많이 다녀야 했다. 그애는 일 자체보다 여행을 더 좋아했고 그애의 자리가 자리인 만큼 대개 호화로운 대접을 받으며 다녔기 때문에 결과적으로 어릴 때부터 그애를 봐왔던 우리로서는 전혀 예상하지 못한 행복을 누리고 있었다.

일단 가족에게서 완전히 독립하고 나자 가족에 대한 적대감도 조금씩 줄어들었다. 조부모가 짧은 기간에 차례로 돌아가시자, 친구로서는 자기 딸에게 전혀 생길 수 없으리라고 봤던 회한이라는 감정이 찾아든 모양이었다. 모녀가 화해했다고 하면 과장이겠지만—둘 사이에 진정한 평화란 절대 있을 수 없다—확실히 긴장은 누그러졌고, 적어도 최근 몇 년간 두 사람은 보통의 가족 관계에 근접한 관계를 그럭저럭 유지해왔다.

하지만 너무 늦은 일이었다. 그동안 겪은 것도 많았고, 쌓인 감정도 너무 많았다. (문제가 있는 가정에서 전형적으로 나타나는 논리대로, 내 친구는 공화당에 투표한 부모는 쉽게 용서했지만 딸이 그랬을 때는 절대 용서하지 않았다.) 결국은 그만두는 편이, 서로 없다고 치는 게 더 쉬웠다. 내 친구가 자신의 딸과 함께 사는 남자를 아직 만나보지 못한 것처럼, 그 딸도 엄마에게 사귀는 사람이 있다는 사실을 전혀 몰랐다. (그런데 친구가 중병에 걸렸다는 사실이 분명해지자 그 남자의 애정은 바로 식어버렸다.)

이것이 친구가 암 진단을 받을 즈음의 상황이었다.

엄마가 결정할 일이죠. 그게 도대체 할 말이니. 친구가 말했다. 엄마가 결정할 일이죠. 끝. 별일도 아니라는 듯이. 자기랑 아무 관계가 없다는 듯이.

난 친구의 손을 잡고 위로해보려 했다. 누구나 말을 잘못 할 때가—

넌 애를 안 낳기를 정말 잘한 거야. 친구가 말했다.

친구가 이런 말을 처음 한 것은 전혀 아니었지만, 그때의 그 말에는 유난히 힘이 실려 있었다. 그러더니 내게 그런 말을 해서는 안 됐다는 사실을 깨달았다는 듯이 이렇게 말했다. 있지,

오늘 오후에는 우리 단둘이 있고 싶어서 다른 사람들은 오지 말라고 했어.

딱히 전할 새로운 소식이 없었으므로 나는 일상적인 이야기를 했다. 최근 읽은 책이나 본 영화, 그리고 내가 사는 아파트의 한 집에서 빈대가 나왔다는 소식을 듣고 다들 얼마나 혼비백산했는지, 그런 얘기들. 우리는 이십 대 초반에 같은 문학 잡지사에서 일하면서 처음 만났다. 우리의 옛 상사였던 편집장이 그해 초에 세상을 떴으므로, 우리는 그 사람에 대해 이야기를 나누었다. 그 잡지사에서 보낸 오래전 시절과, 이제 창립자이자 편집장인 그 사람이 세상을 떴으니 그곳의 미래는 어떻게 될지에 대해. 나는 장례식에 참석했으므로 장례식이 어땠는지 들려주었고, 친구는 자기도 아프지만 않았다면 참석했을 거라고 했다.

우리가 공통적으로 아는 다른 사람 얘기도 나누었다. 잡지사에서 처음 만난 사람들, 여전히 친하게 지내는 사람들, 연락이 끊긴 사람들. 세상을 뜬 사람들. 난 이렇게 죽음을 입에 올려도 되나 걱정스러웠다. 그중에는 (우리의 옛 상사처럼) 지금 친구의 목숨을 위태롭게 하는 병과 똑같은 병으로 세상을 뜬 사람들도 있었으니까. 하지만 대화를 이끄는 것은 친구였다. 우리가 함께 있을 때면 거의 항상 그랬다. 그게 그의 방식이었다.

약물 치료로 몸과 정신을 가누기 힘들 정도였지만 (게다가 본인은 아니라고 했지만 통증도 심했을 것이다) 익히 알려진 특유의 단호한 태도로 친구는 말을 이었다. 확실히 연단에서 인생의 상당 부분을 보낸 사람다웠다. 친구는 늘 정력적인 인물로 유명했다는 사실이 새삼 떠올랐다. 친구는 보통 투사나 생존자로 불릴 만한 사람이었고, 바로 그 때문에 친구가 치료를 받지 않겠다고 선언했을 때 그를 아는 사람들이 모두 놀랐던 것이다. 친구가 마음을 바꿨을 때는 놀라지 않았다. 하지만 치료를 두려워했던 것이 터무니없는 일은 아니었다. 처음 봤을 때는 거의 알아볼 수 없을 정도였다. 달걀처럼 새하얗고 젓가락처럼 빼빼 말랐어. 마음의 준비를 하라고 친구가 해준 말은 그러했다. 그리고 검고 풍성하던 머리칼은 한 올도 남지 않았어.

친구와 함께 있은 지 한 시간쯤 지났을 때 담당의가 왔다. 영웅적인 의사 역할을 맡은 영화배우처럼, 고전적으로 잘생긴 갈색 피부의 젊은 남자였다. 잠깐 나가달라는 말에 방을 나서다가 친구가 그에게 희롱하는 (그리고 그 역시 온화하게 은근히 함께 희롱하는) 모습을 보고 마음이 짠했다. 일인실. (이 방이 하루에 얼마인지 상상도 못 할걸. 친구가 말했다. 하지만 사람들이 옆에서 TV를 보고 전화를 붙들고 수다를 떠는 방에서 하루 종일 누워 있는다는 생각만으로도 견딜 수가 없어. 휴게실에서도 단 몇 분을 못 있겠는걸. 나도 전해에 간단한 수술을 받느라 하룻밤 병원에 입원했을 때 이야기를 들려주었다. 옆 침상에 있던 여자가 미용사를 비롯하여 온갖 사람들에게 줄줄이 전화를 걸어 몇 시간이고 자기 상태를 시시각각 알려주는 것을 내내 듣고 있어야 했다고. 더욱 기가 막힌 것은, 분명 어리둥절하고 있던 한 사람에게는 그와 어떻게 아는 사이인지 설명까지 해가면서 그랬다고 말이다.)

의사가 진찰을 마치고 나간 후 우리는 하던 얘기를 다시 이어갔다. 그런데 갑자기, 친구가 까라지며 풀썩 쓰러져버렸다. 총이라도 맞은 것처럼 너무나 순식간에 일어난 일이었다. 친구에겐 더는 말할 힘이 남아 있지 않았지만 그래도 내게 좀 더 있어달라고 했다. 피를 뽑으러 온 간호사에게 친구가 뭐라고 쏘아붙였는데, 무슨 일로 그랬는지는 기억이 나지 않는다. (친구는 나중에 그 간호사가 마음에 안 든다고만 했다.) 간호사는 직업정신이 내비치는 침착한 태도로 방을 나가며 내게 한 눈을 찡긋해 보였다. 암 병동에서 일하는 그들은 용서하는 훈련이 되어 있었다.

와줘서 정말 고마워. 작별하며 입을 맞출 때 친구가 말했다.

나는 내일 다시 오겠다고 말했다.

오늘 저녁엔 뭐 해? 할 일 있어?

전 애인의 강연을 들으러 갈 거라고 말해주었다.

아, 그 사람. 친구가 말했다. 그러면서 눈을 치떴다.

강연에서 기고문을 주로 다룰 텐데, 그 기고문을 읽어봤냐고 내가 물었고, 친구는 읽어봤다고 했다.

그 사람은 여전한 모양이니 다행이네. 친구가 말했다.

최근에 어떤 선집에 실린 단편소설 하나는 실화에 기반을 둔 것이었다. 우리 둘 다 아는 예전 직장 동료와 관련된 것이라 우리도 잘 아는 이야기였다. 어떤 남자 교수가 자기 수업에 들어온 한 젊은 남학생에게 확 마음이 끌렸다. 젊은 시절 자신이 사랑하고 사로잡혔던 아름다운 청년을 연상시켰던 것이다. 끌리는 마음을 이기지 못한 그는 그 학생을 유혹했고 상대도 그에 응하자 흥분을 감추지 못했다. 곧 열정적인 로맨스가 이어졌고, 상당한 나이 차이에도 불구하고 두 사람 모두 관계가 지속되기를 바랐다. 하지만 얼마 지나지 않아 그 청년이 옛 애인의 아들이라는 사실이 드러난다. 이 사실을 알게 된 교수는 일련의 정신적 혼란에 빠진다. 그는 당장 관계를 끊었지만 예전의 정상적인 삶으로 되돌아가지 못했고, 결국 정신이 이상해져 자살하고 말았다.

내 기억으로는, 사실 두 사람이 부자지간처럼 눈에 띄게 닮았다는 단서도 그렇지만, 무엇보다 두 사람이 같은 성을 가졌다는 더욱 분명한 단서를 진실이 드러나기 전까지 본인이 전혀 알아채지 못했다고는 믿기 힘들다는 것이 당시 우리의 공통된 의견이었다. 이 놀라운 '우연의 일치' 중 어느 것도 그 학생에게 전혀 언급하지 않았을 뿐 아니라 그 뒤에 뭔가 숨겨진 것이 있지 않을까 알아보려고 시도하지 않았다는 점도 역시 믿기 어려웠다.

부인否認의 힘. 그런 상황은 비일비재하게 벌어진다. 예컨대 고등학생 소녀가 학교 화장실에서 아이를 낳았는데, 나중에 알고 보니 자신이 임신했다는 사실조차 몰랐다는 그런 일. 자신의 몸에서 수많은 변화가 일어났을 텐데—뭐가 됐든 다른 이유가 있다고 여겼고.

인간 정신이 지닌 자기기만의 무한한 능력. 전 애인은 확실히 그 점에서는 틀리지 않았다.

그 연인 중 젊은 (뭐, 이제는 젊지 않지만) 쪽이 집필하여 출간된 작품에서는 인물의 젠더와 다른 세부 사항이 바뀌어 교수와 관계를 갖게 된 학생은 교수 본인은 그 존재를 전혀 알지 못했던 그의 딸이다. 작가의 말에 따르면, 극적 갈등을 심화하고 교수의 자살을 더욱 설득력 있게 만들기 위해서였다고 한다. 당연히 원래 사실이 훨씬 더 흥미롭고, 작가가 사실상 이야기를 '망쳤다'고 본 사람—실제 일어난 일은 소설이 아니라는 사실을 잊은 채—은 내 친구만이 아니었다. 교수와 가까운 사람들 일부는 그를 그렇게 허구의 인물로 바꿔놓은 데 대해 화를 내며, 그

이야기를 절대 소설로 쓰거나 출간해서는 안 됐다고 봤다.

　책은 이미 나왔다. 무척이나 슬픈 또 하나의 이야기.

　⟨Jesus, du weisst⟩, 십오 년 전에 본 그 오스트리아 다큐멘터리가 머릿속에서 지워지질 않는다. 예수님, 당신은 아십니다. 여섯 명의 가톨릭 신도가 나온다. 각자 서로 다른 텅 빈 교회에서 성단소에 삼각대로 세워둔 카메라를 마주 보고 무릎을 꿇고 큰 소리로 기도하기로 한다. 남자 셋, 여자 셋의 평범한 신도인 그들은 가슴속 응어리도 많고 머릿속에 든 생각도 많다. 예수님께 하고 싶은 말이 무척이나 많은 것이다. '아시겠지만you know'이라는 표현이 여러 번 반복된다. (사실 그 표현은 제목이 나타내듯이 주님의 전지하심이 아니라 대화 중에 나오는 별 의미 없는 말이기 때문에 '아시겠지만, 예수님'이 더 정확한 제목이었을 것이다.) 이 내밀한 일방적 대화는 대체로 가족 문제에 관한 것이고, 우리가 기도라는 말에서 보통 떠올리는 어떤 것이라기보다는 심리 상담사나 고해신부에게 털어놓는 말에 더 가깝다. 신에게 보내는 사랑 편지도 아니고, 가톨릭교회에서 정의하는 대로 신에게 마음과 정신을 바치는 것도, 신으로부터 좋은 것을 요청하는 것도 아니다.

　한 여성은 뇌졸중이 온 남편이 하루 종일 형편없는 TV 프로

그램만 보고 있는 탓에 우울증에 걸렸다. 다른 여성은 바람을 피우는 남편에 대해 불평한다. 어쩌면 예수님의 도움으로 상대 여성의 남편에게 익명으로 전화를 걸어서 할 적절한 말을 찾을지도 모른다. 또한 이미 독약을 구해놨다고 고백하긴 했지만 남편을 살해하지 않을 힘을 주실지도 모르고.

나이 지긋한 한 남자는 아무 감정 없는 목소리로 어릴 때 받은 학대에 대해 예수님께 물었다. 아버지는 왜 나를 때렸을까요. 어머니는 왜 내 얼굴에 침을 뱉었을까요.

한 젊은 남자는 자신의 종교적 헌신을 이해하지 못하는 부모님에 대한 한탄에서 시작하더니 이어서 당황스러운, 때로 종교적이기도 한 성적 판타지를 묘사한다.

한 쌍의 젊은 남녀는 삶에서 원하는 것이 제각기 다른 바람에 둘의 관계에서 생겨나는 불행을 번갈아 털어놓는다.

그 여섯 사람은 한없이 주절거린다. 그렇게밖에는 표현할 수가 없다. 우리가 듣게 되는 상당 부분이 징징거림에 불과하다는 사실을 무시하기 힘들기 때문이다. 방어적인 말투가 스며든다. 각자가 자신의 감정을 설명해야 한다는, 판사 앞에서 주장하듯 자신의 상황을 제시해야 한다는 절박한 필요를 느끼는 것만 같다.

관객석에 앉아 있던 사람은 얼마 안 됐고 중간에 자리를 뜬 사람도 있었다.

영화 속 인물들이 드러내는 것은 끝 모를 고독과 슬픔과 자신에 대한 회의였다. 다들 절절하게 사랑을 갈구하는 듯했다. 지금껏 찾지 못한 사랑이나 당장이라도 잃어버릴까 염려하는 사랑. 영화 속 인물들은 다들 나이도 다르고 출신 배경도 다르지만 두 가지 아주 중요한 점을 공유한다. 종교와 국적이다. 종교를 가진 다른 사람들, 오스트리아인이 아니고 가톨릭 신도가 아닌 사람들을 대상으로 같은 실험을 하면 어떻게 될까? 같은 결과가 나올까? 그럴 것 같다. 영화를 보면서, 그들의 기도를 들으면서, 나는 인간 조건을 목격하는 느낌이었다.

기도란 무엇인가. 신은 과연 듣고 있기나 한가. 감독은 관객/훔쳐보는 자가 이 두 질문을 곱씹기를 바랐다. 극장을 나서는 내 머릿속엔 잘 알려진 고무적 격언이 떠올랐다. 친절하라. 네가 마주치는 사람들 모두 힘겨운 싸움을 하고 있으니.

흔히 플라톤의 말이라고들 한다.

그 다큐멘터리를 본 후 얼마 지나지 않아 우연히 영화감독 존 워터스의 라디오 인터뷰를 듣게 되었다. 영화를 몇 편 추천해달라는 말에 그는 곧바로 〈예수님, 당신은 아십니다〉를 꼽았다. 자신이 가장 좋아하는 크리스마스 영화라고 했다. (당시는 크리스마스 시즌이었다.) 그 사람들을 보면 돌아버릴 것 같아요. 존 워터스가 말했다. 그리고 그 영화가 확실히 보여주는 사실은,

만약 절대적 존재가 정말로 있어서 사람들의 기도를 내내 듣고 있어야 한다면 그는 정신이 나가버릴 거라는 거죠.

3

　피트니스 클럽에 갔다. 나는 동네의 같은 피트니스 클럽을 수
년째 다니고 있다. 다른 사람들도 적어도 나만큼 오래 다닌 사
람들이라 언제 가든 아는 얼굴이 있다. 특히 한 사람이 궁금증
을 자아냈다. 수년간 내내, 내가 어느 요일, 어느 시간에 가든
그 여자는 거기 있었다. 절대 친구가 되진 않았지만—서로 통
성명을 했을지는 모르지만 이름도 잊었다—탈의실에 함께 있
게 되면 가벼운 이야기를 나누곤 한다. 처음 나눈 대화는 여자
가 당시 들고 있던 『끝없는 농담』에 관해서였던 것으로 기억한
다. 그 책이 어떠냐고 내가 물었더니, 그는 책의 두께가 가장 마
음에 든다고 했다. 오래도록 읽을 수 있을 거라고. 몇 주 동안.
그러니 별로 마음에 들지 않아도 최소한 돈값은 하는 셈이라고

했다. (나는 하루 종일 빠는 커다란 막대사탕을 떠올리지 않을 수 없었다.) 얇은 책—금방 읽어버릴, 때로 주말에 다 읽어버릴 그런 것—에 20달러나 지불하는 건 정말 신물이 난다고 말했다.

시집 같은 것도 그래요. 여자가 말했다. 고작 시집 한 권을 어떻게 그렇게 비싸게 팔 수 있죠? 그런 걸 누가 사요?

별로 없을 거예요. 내가 안심시켰다.

그 당시, 피트니스 클럽의 여자는 젊었다. 기억하기로 아직 학생이거나 막 졸업했을 나이였다. 예술대학. 워낙 예쁜 얼굴이라 그 생김새를 또렷이 기억한다. 화장기라고는 없었지만 정말 또렷하고 눈에 띄는 이목구비였다. 어린이 배우에게 화장을 잔뜩 시킨 채로 영화를 찍을 수는 없다고, 엘리자베스 테일러는 어릴 때 전혀 화장을 하지 않았다고 했다던 한 영화감독이 떠올랐던 것도 기억한다.

피트니스 클럽의 여자는 또한 굳이 열심히 운동하지 않아도 훌륭한 몸매를 유지할 수 있는 복 받은 사람 같았다. 그런데 시간이 지나며 외모가 달라지기 시작했다. 엄청나게 달라졌다고는 할 수 없지만 대부분의 사람들보다는 정도가 더했다. 중년에 접어들자, 여전히 탄탄했지만 살이 붙었고, 또렷하던 이목구비는 흐릿해졌으며 눈부시던 미모도 사라졌다. 그렇다는 건 누구보다 그 자신이 잘 알았다. 탈의실에서 여자는 불만스러운 표정으로 수건을 둘둘 감고 구부정하게 앉아 있었다. 도대체 여기에 왜 이렇게 많은 거울을 달아놓는 거죠? 망할 불빛은 또 왜 이렇게 환하고?

난 그렇다고, 망할 불빛이 너무 환하다고 했다. 하지만 거울에 대한 불평에는 어리둥절할 수밖에 없었다. 난 거울은 별로 의식하지 않았으니까.

탈의실의 그 여자는 정말 궁금하다고 했다. 매일매일 운동하고 먹을 때도 하나하나 신경 쓰는데 어떻게 이렇게 살이 빠지지 않을 수 있죠? 예전에 먹던 양의 반밖에 먹지 않는데, 매년 그렇게 먹는 양을 줄여봤자 그저 풍선처럼 빵빵해지는 일을 모면하는 정도라고요. 이렇게 나가다가는 곧 하루에 당근 한 개와 삶은 달걀 하나만 먹게 될 거예요. 괴롭지만 않다면 그나마 괜찮겠는데, 배 속이 비어 있으면 쥐가 한 마리 들어가 갉아대는 것 같고, 밤에는 속이 너무 쓰려서 잠 못 이룰 때도 간혹 있어요. 정신 나간 소리로 들리겠지만, 언니가 암에 걸려서 살이 14킬로그램이나 빠졌을 때 나도 암에 걸렸으면 하는 생각까지 들더라니까요. 정말 미쳤죠? 결국, 늘 내 생김새가 싫었고, 늘 내 몸과도 싸워왔지만, 늘, 늘 그 싸움에서 졌고, 그러니까 난 항상 우울했죠. 암에 걸린 언니보다 더. 어쨌든 언니는 이제 다 나아서 괜찮아요.

옷을 사러 가면, 예전엔 신났어요. 기쁨이 있었죠. 하지만 지금은 벌을 받는 것 같아요. 바지나 원피스를 하나 새로 살라치면, 백 벌은 입어봐야 그나마 몸에 맞는 걸 건질 수 있고, 게다가 내내 거울을 봐야 하잖아요. 거울 앞에 서서 내 모습을 바라보며, 예전엔 어떠했는지, 그냥 신나기만 한 게 아니라 내 몸을 보며 황홀경에 빠지던 때를 떠올리면 이가 갈려요. 그렇게 말하며 여자가 이를 갈았다.

뒷모습이 최악이에요. 뒷모습은 정말 봐줄 수가 없어요. 엉덩이를 가리는 옷이 아니면 이제 절대 입지 않아요.

바닷가에 가고, 수영하러 가고, 태닝을 하고, 이런 모든 일이 예전엔 재미났는데. 하지만 이제는 절대 수영복을 입고 밖에 나다닐 수가 없고, 밖에 나갈 때 반바지도 입지 않아요. 아무리 날씨가 더워도 몸을 다 가리고 나가죠. 살을 빼게 되어도, 다시 날씬해진다 해도, 다시는 밖에서 몸을 드러내진 않을 거예요. 이 나이의 다른 여자들에 비하면 그리 나쁘지 않다는 건 알지만, 사실 그들 대부분보다 낫다는 건 알지만, 도대체 자의식도 없이, 부끄러움도 없이, 다른 사람들과 마찬가지로 거의 벌거벗다시피 몸을 드러내는 여자들을 정말 이해할 수가 없어요. 뭉글뭉글한 치즈 같은 넓적다리에 해먹처럼 늘어진 배를 드러내고 해변을 걷는 여자가 보이면 차라리 몸을 돌려요. 쳐다보지도 못하겠더라고요. 누구라도 내 몸을 보고 그런 느낌을 갖게 되느니 차라리 죽어버릴 거예요.

여자의 목소리에서는 진정한 공포가 느껴졌다. 공포와 원한과 고통이 담겨 있었다. 삶은 그에게 얼마나 고약한 장난을 친 것인가.

얼굴 주름 성형수술을 하다 하다 나중엔 배꼽이 턱까지 올라왔다는 누구누구 이야기를 들어본 적이 있니? 생각해보니 내가 처음 이 우스개를 들었을 때 그것은 엘리자베스 테일러 이야기였다.

페이스앱*이 나오기도 한참 전에, 모든 사람이 젊은 시절의 특정한 시점—가령 고등학교 졸업할 무렵—에 십 년, 이십 년, 오십 년 후 자신들이 어떤 모습일지를 보여주는 디지털 이미지를 봐야 한다던 누군가의 말을 들은 기억이 난다. 그렇게 하면 적어도 마음의 준비는 할 수 있지 않겠냐고 그 사람은 말했다. 죽음에 대해서 그렇듯이 대부분은 나이 듦도 부인하니까. 주변 곳곳에서 볼 수 있는데도, 부모님과 조부모님의 사례가 바로 눈앞에 있는데도, 사람들은 그 사실을 이해하지 못하고, 그런 일

---

* 얼굴 사진과 비디오를 편집하는 스마트폰 앱.

이 자신들에게 일어나리라고는 진정으로 믿지 않는다. 다른 사람들에게는 일어나고, 다른 모든 사람들에게 일어나지만, 내게는 일어나지 않는다는 듯이.

하지만 나로선 그것이 축복이라고 늘 생각했다. 나이 드는 것이 얼마나 서글프고 고통스러운지 다 아는 젊음은 전혀 젊음이라고 볼 수 없기 때문이다.

얼마 전에는 이런 일이 있었다. 길가 카페에 친구들과 앉아 있었다. 도로 연석 가까이 서 있던 중년의 여인이 통화를 하고 있었는데, 그 소리가 거리의 소음을 뚫고 들려왔다. 내가 제일 어리잖아. 그런 말이 들렸다. 지나가던 차에서 한 남자가 창 너머로 고함을 질렀다. 당신이 어떻게 제일 어릴 수가 있어? 백 살은 되어 보이는데!

내가 아는, 한때 대단히 아름다웠던 나이 지긋한 한 여성이 이런 주제를 두고 말했었다. 우리 문화에서는 겉모습이 당신이 어떤 사람인지, 당신이 어떤 대우를 받을지에 있어 너무 중요한 역할을 합니다. 여성이면 특히 더 그렇죠. 그래서 잘생겼다면, 잘생긴 여성이라면 어떤 수준의 관심에 익숙해집니다. 찬탄에 익숙해지는 거죠. 단지 아는 사람만이 아니라 전혀 모르는 사람까지, 거의 모든 사람이 바치는 찬탄에요. 칭찬에 익숙해지고, 사람들이 자신과 가까워지기를 원하고, 뭔가를 주고 싶어하고 뭔가를 해주고 싶어하는 데 익숙해져요. 사람들에게 사랑을 불러일으키는 데 익숙해지죠. 정말로 잘생겼다면, 그러면서도 정신건강에 문제도 없고 정 떨어지게 교만하거나 얼간이가 아니라면, 늘 인기도 많은 데도 익숙해지죠. 사람들의 사랑과 찬탄에 너무 익숙해져서 그것을 당연시하고, 자신이 얼마나 많은 특권을 누리고 있는지 의식하지도 못해요. 그러다 어느 날 그 모든 것이 사라집니다. 사실은 점진적으로 일어나는 일이에요. 이런저런 것들을 알아채게 되죠. 당신이 지나가도 사람들이 고개를 돌려 쳐다보지도 않고, 당신을 만난 사람들이 나중에 당신 얼굴을 꼭 기억하지도 않는 거예요. 이것이 당신의 새로운 삶, 낯설고 새로운 삶이죠. 금방 기억에서 사라지는 흔한 얼굴을 지닌 사람, 별로 마음이 끌리지 않는 평범한 사람.

자기들이 지나갈 때마다 남자들이 힐끔거리고 캣콜링을 한다며, 원치 않은 그런 천박한 관심에 대해 불평하는 젊은 여성들의 말을 들으면 이따금 이런 생각을 해요. 한때 아름답던 여성이 말했다. 물론 뭔지 알아요. 나도 똑같은 기분이었으니까. 하지만 세월이 흐른 뒤에, 할렐루야! 이제 내게 그런 일이 생기지 않아 정말 기뻐! 그렇게 말할 사람이 과연 있을까요? 그건 폐경과도 같죠. 월경을 더 이상 겪지 않아도 되니 참 다행이다 싶지만 처음으로 월경이 없어진 순간에 기쁨을 느끼는 여자가 과연 있을까요?

한때 아름답던 나이 지긋한 여성이 말했다. 어떤 나이를 지나면서 마치 나쁜 꿈을 꾸는 기분이 들었던 기억이 나요. 무슨 까닭인지 아는 사람들이 나를 전혀 알아보지 못하는 그런 악몽 말이에요. 예전에 하듯이 나를 불러내거나 나와 친해지려고 하지 않아요. 난 사람들이 나를 좋아하고 내게 관심을 보이도록 애써본 적이 한 번도 없었어요. 갑자기 내가 낯을 가리고 사람들과 잘 어울리지 못하게 되었어요. 그 정도가 아니라 편집증적인 증세도 보이기 시작했죠. 자기를 좋아해달라고 기를 쓰는 사람들이야말로 다른 사람들이 절대 좋아할 수 없는 유형의 사람인데, 내가 바로 그런 딱한 인간이 되어버린 걸까요?

하루는 아들이 친구 하나를 데리고 집에 왔어요. 한때 아름다웠던 여성이 말을 이었다. 어쩌다가 그 친구가 이렇게 말하는 걸 들었어요. 네 엄마 좀 이상하지 않니? 지금까지도 무슨 뜻으로 한 말인지는 확실히 몰라요. 한 번도 따져보지 않았으니까. 하지만 그로 인해 난 심각한 위기에 빠졌어요. 대략 그때부터 사람들을 피하기 시작했죠. 물론 여전히 일을 하러 갔고 가족도 돌봤지만, 사람들과 어울리는 일은 갈수록 줄었어요. 또, 뚱뚱해진 적은 없었지만, 더 이상 화장도 하지 않고 머리 염색도 하지 않았죠.

무엇보다 나빴던 것은 죄책감이었다고 기억해요. 나이가 들고 미모가 사라지면서 솔직히 내가 사람들에게 실망을 준다는, 기대에 못 미친다는 느낌이 들었어요. 남편이 실망한 건 두말할 나위도 없지요. 그렇게 말한 적은 없지만 굳이 감추려고 하지도 않았어요. 바람을 피우기 시작한 남편이 내가 잘 꾸미지—그러니까 젊어 보이게—않는다는 사실을 빌미 삼아 그런다는 걸 알았어요. 한때 모델로 활동했고 세상 물정에 밝은 엄마도 나 스스로 결혼 생활을 위험에 빠뜨리고 있다고 경고했죠. 결국 남편이 나와 결혼한 것은 오로지 내 겉모습 때문이었고, 나와 사랑에 빠지는 데 그 점이 큰 역할을 했고, 그건 남편도 알고 나도 아니까 부정해봐야 말이 안 되죠. 하지만 그가 사랑에 빠져 결혼까지 한 그 여자는 이제 없어요. 대신 그 자리를 차지한 여성을 욕망할 수 없게 될 거라는 사실을 남편이라고 어떻게 알았겠어요? 그래서 마찬가지의 곤경에 빠진 많은 남자들이 으레 하는 일을 남편도 한 거예요. 나를 떠나 딴 여자에게 간 거죠. 친구들이 툭 하면 하는 말이—그 말을 들으면 내 기분이 나아지리라 생각해서 그러는 것 같은데—그 여자가 이십 년 전 그 나이 때의 나와 무척 닮았다고 하더군요. 또 이런 말도 빼놓지 않죠. 너도 좋은 사람 만날 거야. 네 겉모습이 아니라 너 자체를 사랑하는 사람이 나타날 거야! 그런 남자는 지금까지 만난 적이 없으니 신기한 일이죠.

아들 친구 말처럼 내가 정말 이상한지도 몰라요. 그냥 얄팍하고 형편없는 사람이거나. 하지만 간혹 내가 죽어버린 느낌이 들어요. 한때 아름다웠던 여자가 말했다. 수년 전에 이미 죽었고, 내내 유령으로 살았다는 느낌. 그 후로 내내 잃어버린 내 모습을 애도했을 뿐이고, 그 무엇도, 자식과 손주 들에 대한 사랑도 그 상실을 채워주지 못한다고요.

늘 화가가 되고 싶었다고, 피트니스 클럽의 여자가 다른 날 탈의실에서 만났을 때 내게 말했다. 해낼 수 있을 것 같았지만 확신이 들지 않았어요. 처음 뭔가를 시작하려고 하는데 자기 능력을 증명할 기회가 없으면 대개 그렇잖아요. 선생님들은 대부분 남자였는데, 특히 두 분이 나를 격려해줬어요. 잘한다고 항상 말했죠. 물론 그 두 분도 내게 늘 치근덕거렸지만, 놀랄 일도 아니었어요. 내게 치근덕거리는 남자는 많았고, 당시에는 여학생에게 치근덕대는 남자 선생님도 많았으니까요. 그냥 그랬어요. 하지만 난 의구심을 떨칠 수 없었어요. 선생님들이 정말로 내 그림을 좋아하는 건지 그냥 내가 좋아서 그러는 건지 확신할 수가 없었어요. 여자 선생님 한 분은 남자 선생님들과 달리 내 작품에서 그다지 좋은 인상을 받지 않았고, 그 사실을 무시할 수 없었죠. 하지만 질투심이나 경쟁심 때문에 그러는지도 모른다고,

많은 여자들이 그러니까, 그렇게 생각했고, 사실 아는 남자 한 명이 분명 그렇다고 장담했던 것도 있었고요. 그런 상황이 길게 이어질수록 더욱 혼란만 커져갔어요. 누구 말을 믿어야 할지 몰랐고, 뭐가 진심이고 뭐가 아첨인지 구분할 수도 없었어요. 나 자신의 판단을 전혀 신뢰할 수 없게 되었죠. 변명하려는 게 아니에요. 내가 진정으로 예술가가 될 운명이었다면 그 무엇도 막지 못했으리라는 건 나도 알아요. 하지만 그때를 돌아보면, 맙소사, 그 남자들이란! 정말이지 내 마음이 돌아선 건 그들 때문이었어요. 무엇이 진짜인지 더 이상 구분할 수가 없었어요.

데이비드 포스터 월리스가 자살하고 얼마 안 된 어느 날 난 파트너스 클럽의 여자에게 우리가 『끝없는 농담』으로 처음 말을 텄던 것을 기억하느냐고 물었다. 여자는 기억이 안 난다면서 내가 잘못 알았을 거라고 했다. 그 책을 들어본 적은 있지만 분명 읽은 적이 없어요. 그렇게 두꺼운 책은 절대 읽지 않아요. 누가 그럴 시간이 있겠어요?

4

여성들의 이야기는 흔히 슬픈 이야기다.

예순 살이 넘으면 대개 그렇듯이 여자 A는 나이 듦에 대해 자주 생각한다. 동시에 노년이 아주 까마득한 일로 느껴지던 때, 자연의 법칙이라기보다 선택처럼 느껴지던 때를 떠올린다. 대학 졸업 후 그는 대도시로 나가 살았다. 당시에는 남편감은 물론이고, 꾸준하게 사귈 남자 친구를 찾기보다는 여러 남자와 데이트를 하는 게 좋았다. 매력적인 여성이었고, 재미를 좇았고 지나치게 까다롭지도 않았기 때문에 그런 일이 별로 어렵지도 않았다. 당연히 이렇게 가볍게 노는 걸 오래 지속할 것도 아니었고 그럴 수 있으리라고 보지도 않아서 (사실 얼마나 금방 나이를 먹는지 놀랍기만 하다) 때가 되면 '한 남자'를 만나 정착하리라 상상했다. 그런데 그런 일이 일어나기도 한참 전부터, 어떤 유형의 부부—굽은 어깨에 숱 없는 백발은 마구 헝클어진 채 벨트는 가슴께까지 올라가 있는 영감과 함께 가는 노년의 여성—가 우연히 눈에 들어오면 자신이 먼 훗날 함께 살게 될 늙은 영감을 향한 그리움이 동통처럼 찾아들었다. 그가 떠올리는 그 남자는 비록 젊음은 사라졌지만 본질적인 것들은 여전히 가지고 있을 것이다. 일단 오랫동안 성공적인 직장 생활을 해온 덕분에 먹고살 자산이 충분하겠지. 상냥할 것이고, 늙어서 기운은 없겠지만 위엄은 잃지 않았을 것이고. (정신이 말짱한 것은 두말할 나위도 없고.) 두 사람이 조용하지만 활기 있는 삶을, 풍요롭고 우아한 삶을 함께 꾸려가는 모습을 그려보았다. 공연이나 영화를 보러 가고, 해외 여행도 다니고. 퇴임한 사람들의 단체 여행, 그건 제발 빼고. 두 사람은 열정에 들뜬 나이는 지났지만 여전히 낭만적일 거고, 그건 그가 머릿속에 그려보듯, 누구든 외국의 도시와 이국적인 풍경을 배경으로 있는 둘을 보기만 하면 알 것이다. 해가 갈수록 그 나이 든 남자의 이미지는 마치 A에게로 걸어오듯 점점 뚜렷해졌다. 그런데 세월이 더 지나자 그 이미지는 뒷걸음질하듯 멀어지기 시작했다. 예전에 그려보던 이미지와는 다른 노년을 마주하게 된 지금은 질문 하나가 떠나지 않는다. 옛날 노래의 한 소절처럼, 혹은 학창 시절에 암

기해야 했던 시처럼 머릿속을 빙빙 돈다. 그 영감은 어디 있지? 아, 상냥하고 다정한 사랑스러운 그 영감은 어디 있는 거야? 누가 좀 알려줄 수 없을까요?

그런 종류의 여성의 이야기.

움브리아*를 배경으로 하는 또 다른 이야기.

……어느 여름, 그곳에서 여자 B가 오래된 농가를 하나 빌렸다. 매일 아침, 날이 너무 뜨거워지기 전에 언덕으로 조깅을 갔다. 중세 유적인 망루 근처의 언덕배기에 오를 때마다 거의 항상 길가에 같은 차가 서 있고 그 차의 주인인 노인이 지팡이에 의지한 채 근처에 서 있는 게 보였다. 황금색 털의 스패니얼이 함께 있었는데, 그 개는 B가 다가가기만 하면 맹렬하게 짖으며 돌진해 오곤 했다. 그런 일이 벌어질 때마다 노인은 전에 봤다는 사실을 기억하지 못하고 "시뇨라! 아 파우라 데이 카니?"** 라고 소리쳐 물었다. 그럴 때마다 그는 아니라고, 개를 무서워하지 않는다고 대답했다.

관심을 조금 보이면 아마 노인이 좋아할 것 같기도 해서, 예

---

* 이탈리아 중부의 주.

** Signora! Ha paura dei cani? 이탈리아어로, '아가씨! 개를 무서워하나요?'라는 뜻.

의상 처음 며칠은 잠깐 서서 가벼운 대화를 나눴다. B는 이탈리아어를 잘하진 못했지만, 그를 기억하지 못하는 노인이 전에 나눴던 대화를 기억할 리는 만무했으므로 기본적인 실력이면 충분했다. 그는 노인이 아마 은퇴한 일꾼이고, 그 지역 영주의 토지에서 일했던 사람들의 후손으로서, 평생 그 언덕에서 살았으리라 추측했다. 개를 산책시키러 왜 늘 이 특정한 장소로 오는지는 도통 알 수가 없었다. 노인은 너무 늙고 힘이 없어서 한 번에 조심스럽게 몇 걸음 내딛는 게 전부였으니까.

어느 날 공기가 유난히 후덥지근해서 여자는 스포츠브라 위에 늘 걸쳐 입던 긴팔 셔츠를 벗어서 허리에 묶었다. 오래된 망루가 눈에 들어오자마자 개가 짖으며 여자 쪽으로 왔다. 개를 무서워하나요? 그런데 가까이 다가갔을 때 여자는 뭔가 이상한 낌새를 느꼈다. 노인은 누가 봐도 흥분한 상태였다. 열사병에 걸린 게 아닌지 걱정스러웠다. 하지만 몇 걸음 더 다가가고 나서 상황을 이해했다. 사실 노인은 자신의 욕정을 숨기려 애쓰지도 않았다. 반쯤 벗은 여자의 상체를 눈으로 훑으며 아, 시뇨라아아아 하고 내뱉었고, 마치 옆에서 헐떡거리는 개를 흉내 내듯이 혀를 늘어뜨리고 있었다.

여자는 그 자리를 뜨려고 몸을 움직였는데, 그때 당황스러운 일이 벌어졌다. 지팡이가 요란스럽게 땅에 떨어지거나 말거나 노인이 한 손으로 맨살인 여자의 팔뚝을 움켜쥐더니 다른 한 손으로 힘차게 쓰다듬기 시작한 것이다. 입술 사이로 음탕한 신음과 침방울이 비어져 나왔다. 여자는 노인이 넘어지지 않도록 주의하면서 그의 손아귀에서 팔을 빼낸 후 전력 질주로 그 자리를 벗어났다.

쉽게 웃어넘길 만한 이야기이다. 결국 무엇보다 우스꽝스러운 일이니까. (사티로스한테 붙잡힌 줄 알았어. 나중에 여자는 친구들에게 그렇게 말했다.) 그렇지만 어떤 심란한 느낌이 찝찝하게 남아 있었다. 여자가 실제 위험한 상황으로 인식하지 못했다고 해서 그의 행동에 폭력적 요소가 없었다고는 할 수 없었다. 아마 더욱 마음에 걸리는 것은 여자가 당시 노인의 표정에서 보았지만 나중에서야 정체를 알 수 있었던 무언가였다. 수치스러워하기는커녕 그 늙은 염소는 자신의 성적 흥분을 뿌듯해하고 있었다는 것.

나이 들어 구부정했음에도 노인은 여자보다 몇 센티미터는 더 컸고, 아무리 허약해졌대도 여전히 몸집도 상당했다. 예전에는 얼마나 위력적인 모습이었을지 충분히 상상이 갔다. 정력이 넘치는 위험천만한 젊은 야수가 외진 곳에서 마주친 무력한 여자를 붙들고 그 여자는 도무지 빠져나올 수 없는 그런 상황을 상상하기도 전혀 어렵지 않았다.

앞선 만남을 전혀 기억하지 못하는 노인이 과연 그 사건을 기억할지는 의문이다. 어쨌든 그날 이후 여자는 가다 멈춰서 그와 대화를 나누는 일은 그만두었다. 하지만 그를 볼 때마다 늘 같은 생각이 떠올랐다. 적어도 팔십 대는 됐을 저 노인. 기억도 못하고, 다리 힘도 없고, 숨도 제대로 못 쉬는 저 몰골로도 여자 살색만 보이면 정신을 못 차리는구나. 분명 한참 전부터 섹스는 할 수 없겠지. 그래도 여전히. 원했다. 욕정이 솟았다. 넘어져서 골반뼈가 부러질 수도 있는 상황—수많은 노인이 유명을 달리하게 되는 재앙—까지 무릅쓰면서 어떻게든 만져봐야 했던 것이다. 눈곱 낀 눈 속에 깃든 야수성, 헐떡거림과 목구멍에서 나온 상스러운 껄떡거림, 그건 마치 해가 내리쬐는 고대의 푸른 언덕에서 동료 인간이 아니라 어떤 통제 불가능한 힘을 맞닥뜨린 것만 같았다.

5

여자가 절대 갖지 않았고 절대 갖지 않으려 했던 희망이 딱 하나 있었다. 만약 삼십 년이나 지난 후에도 나에게 무엇보다 중요한 단 한 사람, 내게 없어서는 안 될 존재가 된, 내가 기다려왔던 신비를 가져다줄 강한 남자를 찾지 못한다면, 세상에 가득한 괴짜나 약골이나 애정에 굶주린 사람이 아닌 진정한 남자를 단 한 사람도 찾지 못한다면—그렇다면 그런 남자는 그냥 존재하지 않는 것이다. 이 새로운 남자가 존재하지 않는 한, 할 수 있는 일은, 당분간은, 서로를 상냥하고 다정하게 대하는 일뿐이다. 거기서 더 나올 것은 없으니, 분쟁과 혼란, 모든 관계에 내재한 어긋남에서 각자 빠져나올 방법을 알아낼 때까지 여자와 남자는 적당한 거리를 두고 서로 상관하지 않는 것이 가장 좋을 것이다. 어쩌면 언젠가는 다른 어떤 것이 생겨날 수도 있을 것이다. 하지만 일단 그래야만 한다. 강력하고 신비롭고 진정한 위대함을 지닌 어떤 것. 다시금 서로 기꺼이 따를 수 있을 어떤 것.

어쩌면 언젠가는. 하지만 잉에보르크 바흐만이 자전적인 글에서 이렇게 쓴 것이 거의 반세기 전인데, 그 이후 남자와 여자는 더욱 벌어지기만 했다.

분쟁은 더 격해지고 혼란은 더 깊어지고 어긋남은 더 심해졌다. 적색 주와 청색 주.* 그러니 상냥함과 다정함은 말해 무엇할까.

한 도로의 공사장에서 일하던 노동자가 뒷걸음치다가 자기도 모르게 인도에 있던 여자와 부딪혔고, 미안하다고 말했다. 알아들을 수는 없었지만 여자가 뭐라고 쏘아붙였고, 그에 남자는 "미안하다고 했잖아요"라고 말한다. 여자는 그에게 손가락 욕을 한 후 가던 길을 간다. 남자가 그 뒤에 대고 소리친다. 미안하다고 했다고! 뒤도 돌아보지 않은 채 여자가 소리를 빽 지른다. 씨발 너무 늦었다고. 남자도 소리를 지른다. 좋아! 미안하단 거 취소야. 씨발 하나도 안 미안해!

이게 무슨 난리인가.

---

* 각각 미국 공화당과 민주당의 상징 색으로, 공화당 경향의 주와 민주당 경향의 주로 갈라진 상태에 비유한 것.

여자 여럿이 탁자에 둘러앉아 있다. 거리에서 한 쌍의 남자가 캣콜링을 하자 바지 속으로 손을 넣어 탐폰을 빼내 그들에게 집어 던졌다는 여자 이야기를 누군가 꺼내자 논쟁이 벌어진다.

여자가 그러지 말았어야 한다고 생각한 건 나뿐이었다.

여자에겐 자신을 방어할 권리가 있다고 다들 말했다.

바흐만에 따르면, 남자와 여자의 관계에서 가장 기본적인 요소는 파시즘이다.

과장이다.

모든 위대한 남성 뒤에는 그 위대함을 위해 헌신한 여자가 있는 반면, 모든 위대한 여성 뒤에는 그를 끌어내리는 데 혈안이 된 남자가 있다는 앤절라 카터의 주장도 그렇고.

그래도.

여류 소설 쓰시죠, 맞죠? 소설가가 여자 동료에게 묻는다.

아 지금 우리는 어떤 컴컴한 숲의 들머리에 들어선 것일까.

「호수로 가는 세 개의 길」이라는 바흐만의 단편소설은 소설집 『호수로 가는 세 개의 길』(독일어 원제는 '동시에Simultan'다)에 실려 있다. 소설집은 그가 화재에서 입은 화상으로 세상을 뜨기 일 년 전인 1972년에 출간되었다. 다섯 편의 이야기. 다섯 명의 여자, 각자 어떤 식으로든 감정적 소용돌이에 시달리는, 각자 가부장제 사회 속 자신의 자리로 인해 궁지에 빠지고, 고

립되고, 불안하고, 혼란스러워하는, 그리고 자신들이 겪고 있는 것을 표현할 언어를 찾기 위해 고군분투하는 여자들.

조지 발란친*은 한 무리의 남자를 무대에 올리면 무대 위에는 한 무리의 남자가 있지만, 한 무리의 여자를 무대에 올리면 무대 위에는 세상 전체가 있다고 했다.

책에 한 무리의 여성을 넣으면 그건 '여성 소설'이 된다. 거의 모든 남성 독자와 적잖은 여성 독자 역시 기피하는 그런 소설.

젊은 시절부터 시를 써서 유명해진 바흐만이 단편소설을 쓰기 시작하자, 비평가들은 '여자들 이야기Frauengeschichten'라며 대수롭지 않게 여겼다. 여자들끼리나 흥미를 보일 여자들의 관심사, 따분하고 시시한 문제를 다루는 이야기라는 뜻이다. (바흐만 자신은 고국인 오스트리아의 여성들에게 경의를 바치기 위해 처음 그 책을 구상했다.)

바흐만의 소설집이 발간된 즈음에 엘리자베스 하드윅은 집필 중이던 소설에 이렇게 적었다. 아는 여자 중에 행복한 여자가 있나요?

캣콜링을 하던 남자들은 알고 보니 사복 경찰이었다. 그들은 여자를 체포했다. 그 이야기의 결말은 잊어버렸다.

---

* George Balanchine. 뉴욕 시립 발레단을 공동 창립한 미국의 유명한 안무가.

인도 북동부 지역의 보도Bodo 종족이 사용하는 언어인 보도어에는, 서로를 향해 품고 있던 사랑이 지속되지 못할 운명이라는 사실을 깨달았을 때의 사무치는 감정을 나타내는 '온스라onsra'라는 단어가 있다는 걸 알게 됐다. 그 뜻을 그대로 옮길 영어 단어가 없었기에 '마지막 사랑'으로 번역되었다. 오해의 소지가 있다. 영어 사용자 대부분은 '마지막 사랑'을 마침내 만나게 된 진정한 사랑, 영원히 지속될 사랑으로 이해할 것이다. 캐럴 킹의 노래 〈마지막 사랑〉도 그렇지 않은가. 처음 온스라라는 단어의 뜻을 알았을 때 난 그 뜻이 완전히 다른 의미라고 보았다. 너무나 압도적인 사랑, 너무나 강렬하고 깊은 사랑을 경험하여 이후로 결코 다시는 사랑을 할 수 없음을 뜻한다고.

난 로맨스라고 알려진 여성 소설 장르를 좋아한 적이 없지만, 사랑에 빠진 여자들의 이야기에는 마음이 끌린다. 특히 어떤 면에서 관습을 벗어난 사랑이라든지, 특히 힘들고 가망 없는 사랑이라든지, 아예 제정신이 아닌 사랑일 때는 더욱 그렇다.

그런 이야기를 모은 소설집 제목으로는 '기이한 사랑에 빠진 여자들'이 좋겠다.

예컨대 작가인 리턴 스트레이치를 향한 화가 도라 캐링턴의 사랑을 보라. 그가 게이라는 사실도(버지니아 울프에게 청혼한 적이 있긴 하지만), 자신보다 열세 살 연상이라는 사실도 아무 상관 없었다. 처음부터 스캔들이었고 곧 전설적인 이야기가 되었다. 사실 캐링턴은 자신의 그림이 아니라, 스트레이치에 대한 가망 없고도 한없는 사랑, 그것이 어떻게 캐링턴의 삶을 빚어내고, 어떻게 죽음을 불러왔는지로 세상에 알려졌다(그런 종류의 여성의 이야기). 캐링턴은 십칠 년 동안 스트레이치에게 헌신했다. 다른 남자와의 결혼도 둘 사이를 떼어놓지 못했다. 세 사람이 함께 살아야 했다. 캐링턴과 결혼했던 남자는 캐링턴이 아닌 그의 욕망의 대상이었다. 결혼에 동의한 후 캐링턴은 두 사람이 부부가 될 수 없도록 한 운명을 한탄하는 통렬한 편지를 스트레이치에게 보냈다. 그러고는 세 사람이 함께 베네치아로 신혼여행을 갔다.

스트레이치가 위암으로 사망했을 때, 캐링턴은 두 달도 버티지 못하고 권총으로 자살했다. 배를 쏴서. 서른아홉도 안 된 나이였다. 자살 시도가 처음도 아니었다. "더 이상 할 수 있는 일이 없어. 리턴을 위해 할 일을 다 했으니까." 그 전날 울프 부부에게 그렇게 말했다고 한다.

집에 총이 없었으므로 옆집에 가서, 마치 설탕을 빌리듯이 총을 빌렸다. 엽총을. ("떠나는 모습이 마치 작은 동물 같았다." 버지니아 울프는 캐링턴과 헤어지며 그런 인상을 받았다.) 자살하기에는 안 좋은 무기였다. 오래도록, 느리게, 고통스럽게 죽어갔을 테니까.

그 주제에 사로잡혀―그리고 자신이 그 주제에 권위자임을 무척 확신하며―『사랑에 빠진 여인들』을 집필했던 D. H. 로런스는 캐링턴이 '진짜' 남자를 혐오했다며 비난했다. 소설 속 사랑에 빠진 여인 중 한 명이 그 희화화다. 겉보기에는 순진해 보이는, 예쁘장한 미넷 대링턴은 사실 깊은 내면은 음탕한 변태이다. 게다가 캐링턴처럼 화가가 아니라 화가의 모델(상처에 소금 뿌리기)이었다.

수년 후에 로런스의 단편소설에서 캐링턴이 모델인 듯한 또 다른 희화화된 인물은 윤간을 당한 뒤 자살한다.

6

다시 친구를 찾아갔다. 치료가 실패했고, 암이 전이됐다. 친구는 다시 병원에 입원했다.

나는 예전에 묵었던 같은 방을 예약했다.

와보면 알겠지만 우리 집에 새 식구가 생겼어요! 호스트가 그렇게 문자를 보냈다.

버번위스키색의 눈에 물범처럼 미끈한 은회색 털을 가진 어린 고양이.

손주들에게 고양이 이름을 지어달라고 하는 게 아니었는데. 호스트가 말했다. 이름이 부거*가 돼버렸어요.

---

* 부거(booger)는 코딱지라는 뜻이지만, 아이들이 별 뜻 없이 발음이 웃겨서 붙인 이름일 수도 있다.

구조된 고양이. 쓰레기통에 갇혀 있는 걸 발견했어요. 심한 탈수 증상에 뼈와 가죽만 남은 상태로. 살 수 없겠다 싶었죠. 하지만 지금 이 녀석을 봐요!

목숨이 아홉 개라잖아요. 친구를 떠올리며 내가 말했다. 심한 탈수 증상에 뼈와 가죽만 남은 상태.

화가 잔뜩 나 있었다. 내 친구가. 너무 화가 나서 눈에 보이는 건 다 때려 부수고 싶은 심정이야. 친구가 말했다. 신에게가 아니야. 신에게 화가 난 게 아니라고. 당연히 아니지, 난 신을 믿지도 않는걸. 의사에게 화가 난 것도 당연히 아니고. 담당 종양 전문의와 의료진 전체를 사랑하고 존경해. 나를 위해 할 수 있는 일은 다 했고 정말 친절했어. 그럼 누구에게? 나에게. 내 처음 직감이 옳았어. 그걸 따랐어야 했어. 이 모든 고문을 사서 겪는 일은 절대 하지 말았어야 했어. 구토, 설사, 피로—끔찍해, 끔찍해—그리고, 결국엔—

헛된 희망이었지. 헛된 희망에 절대 넘어가지 말았어야 했는데. 그래서 나 자신을 평생토록 용서할 수 없어. 짧은 침묵. 평생토록. 마치 평생이 여전히 긴 시간을 뜻할 수 있다는 듯이.

결국 이렇게 된 거야. 친구가 말했다. 그래봤자 내게 시간이 얼마나 남았냐고? 아마 몇 달? 기껏해야 일 년이겠지. 아마 그렇게 오래 살지도 못할 거야.

너무 겁먹지 않으려고 애쓰고 있어. 냉정을 유지하려고 애를 쓴다고. 발버둥 치고 고함을 지르며 세상을 뜨기는 싫어. 아, 안 돼, 왜 나야! 왜 나냐고! 울분을 터뜨리며 비난하고 자기연민에 빠져 허우적거리고. 그런 식으로 생을 마감하고 싶은 사람이 누가 있어? 공포로 반쯤 정신이 나가서 말이야.

하지만 오해하지 마. 친구가 말했다. 난 금욕주의자가 아니야. 극심한 고통을 겪어내고 싶은 마음은 없어. 내가 너무 무서운 게 바로 고통이야. 고통이 가장 겁이 나. 고통에 시달리면 평정심을 유지할 수 없으니까. 생각도 제대로 할 수 없는 그런 고통에 시달릴 때면, 그저 필사적인 동물이나 매한가지야. 생각할 수 있는 건 단 한 가지뿐이지.

늙고 쇠약해진 게 아니잖아. 나는 평생 내 건강을 잘 챙겨왔는데, 그렇게 열심히 건강을 챙기고 규칙적으로 운동하고 건강식을 먹어온 탓에 오히려 상황이 더 힘들어질 거라는 생각이 들어. 의사 말이 심장이 아주 튼튼하대. 그게 내 몸이 계속 싸워나갈 거라는 말이 아니면 뭐겠어? 숨이 끊길 때까지 내가 시달리고 또 시달리게 될 거라는 뜻이지.

아버지처럼. 의사들은 며칠 못 갈 거라고 했지만 그게 몇 주가 됐어. 아버지의 몸은 버티고 또 버텼고, 돌아가실 때쯤엔 완전히 제정신이 아니셨지. 끔찍한 임종이었어. 야만스러운. 누구든 그런 식으로 생을 마감해서는 안 돼.

　사람은 어떻게 죽어야 할까. 입문서 같은 거라도 사다 줘. 아, 아니 책은 됐어. 아무것도 읽고 싶지 않아. 조사 같은 건 하고 싶지 않아. 우습지. 암 자체에 대해서 그랬던 것처럼 그 문제에 대해 나 자신을 깨우치고, 가능한 한 많이 알아내는 것, 한동안 그것만 바랐는데. 바란다고 생각했거나. 그래서 정말이지 알아낸 게 무진장 많아. 상당 부분은 꽤 재미있었고, 심지어 흥미진진했어. 얼마나 빠져들었는지 그것들을 읽으면서 내가 뭘 하는 건지도 잊었어. 말이 되는 얘기인지 모르겠지만, 때로 자료 읽는 일에 너무 심취해서 내가 왜 그걸 읽고 있는지를 잊었던 거야. 책 읽기가 그래서 놀라운 거 아닐까, 그렇게 자기 자신에게서 벗어나게 하니. 하지만 이젠 아니야. 죽어가는 일이나 죽음에 대한 건 읽고 싶지 않아. 위대한 사상가나 철학자 들이 했다는 말 같은 거. 세상에서 가장 똑똑한 사람이 지금 그 주제에 관해 가장 훌륭한 책을 썼다 한들 난 그 책을 건드리지도 않을 거야. 지금 내가 겪고 있는 걸 글로 쓰고 싶은 열망이 없는 것과 마찬가지지. 늘 같은 싸움, 적확한 말들을 찾으려는 그 싸움을 하며, 생각해보면 내 삶의 저주지, 그러며 마지막 시간을 보내고 싶지는 않아. 나도 놀랐어. 왜냐하면 처음에는 당연히 글을 써야 한다고 생각했거든. 그걸로 글을 써야지. 마지막 것, 혹은 헨리 제임스의 표현을 빌리자면 바로 그것, 두드러지는 그것을 주제로 내 마지막 책을 쓰겠다고. 그 주제로 글을 쓰지 않을 수는 없다는 생각이었지. 하지만 곧 마음이 바뀌었어. 마음이 바뀌었다고, 친구가 되풀이했다. 다시 마음이 바뀌는 일은 없을 거야. 내가 겪는 걸 글로 적는다고 생각만 해도 멀미가 나. 어차피 아파서 멀미가 나긴 하지만. 말 그대로 죽도록 멀미 나고 아프지, 아주 말 그대로. 무슨 말이 이러냐. 친구가 웃으며 말했다. 봐, 또 빌어먹을 단어 가지고 이러잖아. 어쨌든 내 말은, 이제 할 만큼 했다는 거야. 언어 가지고 씨름하는 일은 충분히 했어. 글 쓰는 일이 넌더리가 나고, 단어를 찾는 것도 넌더리가 나. 할 말은 충분히 했어. 너무 많이 했지. 이제 바라는 건─내가 하는 말이 이해가 돼?

이해가 된다고 친구를 안심시켰다. 계속 말하라고.

그와 관련해 뭔가 새로운 말할 거리를 찾았을 때만 글을 쓰겠다고 결심했어. 그런데 그런 일은 일어나지 않을 거야.

잘 죽기. 그게 무슨 뜻인지는 다들 알아. 고통 없이, 아니면 적어도 극심한 고통으로 몸부림치지 않는 것. 침착하게 약간의 품위를 지키며 가는 거지. 깔끔하고 산뜻하게. 하지만 그런 일이 자주 일어나나? 사실 자주 있지 않아. 왜 그럴까? 그게 왜 그렇게 무리한 요구일까?

이제 네가 얘기해. 친구가 말했다. 내 목소리를 더 이상 못 들어주겠어.

지난번 친구를 찾았을 때처럼 난 최근에 읽은 책이나 본 영화처럼 일상적인 이야기를 하려고 했지만 자꾸 말이 끊겼고, 그러자 친구는 불안해져서 다시 말을 시작했다.

어제 누가 나를 보러 왔는지 알아?

친구가 이름을 댔다. 난 그 명성만 익히 들어왔던 사람으로 언론대학원 시절부터 친구와 가까운 사람이었다. 그는 조교와의 불미스러운 관계를 포함하여 대여섯 건의 성추행 혐의가 제기된 지 몇 시간 만에 언론사와 학교에서 해임되었다.

걔는 늘 그랬어. 친구가 말했다. 하비 와인스틴에 대한 형편없는 농담처럼, 자궁 밖으로 나올 때부터 벌써 엄마 몸을 더듬으면서 나왔을 인물. 이십 대에도 음탕한 노인 같았던. 항상 추파를 던지고 침을 질질 흘리고 손을 가만히 두지 못하는 그런 족속. 어, 무슨 말을 해야 할지 모르겠더라. 친구가 말했다. 순식간에 인생이 박살 났으니까. 자살할 생각까지 했다고 내게 고백하더라고. 상상해봐. 그 인간이 네가 앉은 그 자리에 앉아서는 그렇게 다 끝장을 낼 수도 있었다는 식의 말을 늘어놓다가 말을 뚝 끊고는 그렇게 눈치 없이 굴어서 미안하다며 내게 용서를 빌더니, 그러더니. 친구의 목소리가 높아졌다. 울기 시작하는 거야. 괜찮다고, 괜찮다고 거듭 말했어. 여기 누워서 걔가 울며

사과하는 소리를 듣자니 참을 수가 없었으니까. 하지만, 맙소사, 알겠지만, 괜찮지 않았어. 절대 괜찮지 않았다고. 친구가 단호하게 말했다.

내가 참을 수 없는 게 바로 그런 거야. 친구가 말을 이었다. 날 안쓰러워하는 건 얼마든지 해도 돼. 하지만 내 앞에서 망할 눈물 콧물 짜진 말라고. 그건 용납 못 해. 지금은 걔한테 내 속내를 털어놓은 것까지 후회가 돼. 하지만 걔는 워낙 오랜 친구이고, 지금까지 내가 상황을 알려준 사람은 많지 않으니까. 사실 그거야말로 생각해봐야 할 문제 아니야? 친구가 수사적으로 물었다. 누구에게 말을 해야 하며 어떻게 말할지. 또 더 중요하게는, 내가 누구를 만나고 싶어하느냐. 생각할 거리가 참 많아. 목록을 만들고 있어. 알지, 사람들에게 작별 인사도 해야 하고. 또—파티를 해야 할까? 나 진지해! 페이스북에 공지를 올려야 할까? 그렇게 하는 사람들이 있더라고. 말이 안 될 거야 없지만 내가 보기엔 좀 기괴해. 내가 과연 그런 일을 할 수 있을지 모르겠어.

난 하루에 그 모든 일을 다 생각할 필요는 없다고 말해주었다. 퇴원한 후에 어떻게—어떤 글도 쓰지 않겠다는 결심이 확고하다면—시간을 보내고 싶은지 생각해봤냐고 물었다. 그리고 어디서. 어디 가고 싶은 곳은 없냐고 물었다. '버킷 리스트'의

최우선 순위에 대체로 여행이 들어 있다는 생각에서 한 질문이었는데, 암 진단을 받기 한참 전에 친구가 그 용어에 격렬히 반대하는 말을 들은 적이 있었다. 어떻게 그렇게 흉측한 용어를 만들어낼 수가 있어?

친구는 모르겠다고 했다. 맥없이 허공에 손을 저었다. 참 역설적인 상황이라는 걸 알았어. 친구가 말했다. 죽어가고 있다는 걸 아는데, 여기 누워서 생각을 하다 보면, 특히 밤에 말이야, 그러면 마치 내게 남은 시간이 무궁무진하다는 느낌이 들어.

그게 영원이겠지. 나는 속으로만 말했다.

영원이 가까웠다는. 친구가 말없이 동의했다.

때로는 무심결에 시간이 좀 더 빨리 흘렀으면 좋겠다는 생각을 하기도 해. 하루가 빨리 끝났으면 좋겠다, 그렇게. 정말 이상하겠지만 따분할 때가 많아. 그렇게 덧붙였다.

네가 이 과정을 어떻게 거쳐나갈까. 내가 생각했다.

나도 정말이지 모르겠어. 친구가 말없이 답했다.

죽어가는 것이 결국 따분한 일이라면 그거야말로 좀 대단한 거 아닐까? 친구가 말했다.

친구의 전화기가 울렸다. 딸이었다. 비행기가 막 착륙했으니 곧 병원에 도착할 거예요. 가는 길에 뭣 좀 사 갈까요?

그 틈을 타서 나는 심호흡을 하며 내 감정을 가라앉히려 했다.

아, 저기 봐! 친구가 말했다. 병원 창밖으로 눈이 내리고 있었고, 해가 막 떨어진 참이라 눈이 노을에 물들어 분홍빛이었다.

분홍색 눈송이라니. 친구가 말했다. 뭐, 죽기 전에 저런 것도 봤네.

아직 어린 고양이예요. 호스트는 한껏 자부심을 내비치며 그렇게 말했다. 아주 사납고 짓궂게 굴기도 하고요, 밤에 잘 쏘다녀요. 고양이가 귀찮게 할지도 모르니까 방문을 잘 닫아둬요.

협탁에는 똑같은 책이 쌓여 있고 똑같은 미스터리물이 맨 위에 놓여 있었다.

살인자가 바에서 만난 여자와 친해진다. 브로드웨이 스타가 될 꿈을 품고 서부에서 대도시로 올라온 젊은 배우다. 여자는 그가 침울한 데다 짜증 나게 비밀스럽다는 인상을 받지만 범죄자라는 의심은 전혀 하지 못한다. 여자를 통해서 살인자는 '교양을 더 쌓고 싶다'는 꿈을 실현하게 된다. 여자는 그에게 책을 빌려주고 예술영화 상영관이나 박물관 전시회에 데리고 다닌다. 그보다 더 중요하게는, 그를 디스코의 세계로 이끈다. 당시는 영화 〈토요일 밤의 열기〉의 시대였다. 살인자는 알고 보니 화려한 춤 실력을 지녔고, 곧 무도장의 왕으로 자리를 잡는다. 여자가 남자에게 춤을 배워보라고 하자, 남자는 바로 춤에 몰두하여 일주일에 엿새를 수업을 들으며 일취월장했고, 전문 댄서의 길을 걸어볼까 고민하기 시작한다. 이제 그의 인생 전체가 탈바꿈한다. 이처럼 행복했던 적이 예전엔 없었다. 하지만 심각한 힘줄염이 생겨 어쩔 수 없이 춤을 그만두게 되자 그는 완전히 낙담한다. 비통한 마음으로 그는 생각한다. 아무리 뛰어난 재능을 가졌더라도, 아무리 열심히 노력해도, 너무 늦게 시작했으므로 유명해질 꿈도 꿀 수 없을 거라고.

살인자는 자주 존 트래볼타를 떠올린다. 알고 보니 자신과 트래볼타는 공통점이 많았다. 생일도 똑같고, 키와 몸무게도 똑같고, 둘 다 맨해튼 근처 교외에서 태어났고, 어릴 때 트위스트를 춰서 춤 경연대회에서 상을 탔고, 축구 선수 아버지를 두었다. 하지만 어머니는 그렇게 다를 수가 없었다. 존의 모친은 배우이자 가수로, 존이 연예계로 나갈 수 있도록 격려하며 초기에는 직접 존을 가르치기도 했다. 이제 다리 통증보다 더욱 살인자를 괴롭히는 것은 이런 질문이었다. 나에게도 존 트래볼타의 어머니 같은 어머니가 있었다면 내 삶은 과연 어떠했겠는가?

살인자가 그 스타를 향해 분노를 쏟아내는 시간이 점점 더 많아졌다. '여자애 같은' 하이 톤으로 〈여름밤〉을 부르는 트래볼타의 목소리가 머릿속에 박혀 돌아버릴 지경이었다. 방법만 찾으면 존 트래볼타를 죽여버릴 텐데.

그 대신 그는 어느 날 밤 춤 수업이 끝난 후 같이 수업을 듣던 남학생을 브루클린의 집까지 쫓아가 죽인다. 또한 리버사이드 파크에서 한 여대생과 섹스를 한 후 충동적으로 목 졸라 죽인다.

경찰은 지금까지 그가 저지른 살인 사건 네 건의 연결점을 찾지 못한다. 경찰이 사건을 따로따로 조사하며 교착 상태에 빠져 있는 사이 여전히 그는 아무 의심 없는 그 배우(이제 막 대도시에서 성공의 길에 들어서 있다)와 그의 젊은 예술가 친구들과 어울린다.

고양이가 안개처럼 발소리도 없이 들어왔다. 침대로 뛰어 올라오기 전까지는 방에 들어온 줄도 몰랐다. 내 뺨에 대고 코를 킁킁거릴 때 수염이 날 간지럽혔다. 그러기 전에는 벽난로 앞에 누워 있었다. 털에서 장작 냄새를 풍기며 소리 내어 그르렁거리는 고양이 곁에 누워, 고양이가 솜이불을 꾹꾹 누르는 모습을 바라보는 일보다 더 '휘게'한 일이 있을까?

책을 덮고 불을 껐다.

난 괜찮은 집에서 살았어. 고양이가 말했다. 그르렁 소리에 가려 있긴 했지만 그래도 또렷하게 들렸다. 호사스러운 집이었다는 건 아니고. 하지만 매일 깨끗한 물과 먹을 것을 주었고, 보송보송한 침대도 있었지. 당시에는 그보다 더 좋은 것을 알지 못했어. 난 보호소의 우리 안에서 태어났어. 딱 어울리는 인간을 만나면 인생이 얼마나 달콤한지 그때는 전혀 몰랐지. 그 인간이 혼자 사는 특정한 나이의 여성이면 특히 더 그렇고.

처음 나를 입양한 집은 나를 반려동물이 아니라 쥐를 잡는 용도로 들였어. 여기처럼 좋은 집이 아니었지. 집도 아니고 가게였어. 휠체어를 타는 노인이 부인과 아들 하나와 함께 운영하는, 고속도로 나들목 바로 앞에 있는 편의점이었지.

난 내 할 일을 했어. 쥐가 얼씬도 하지 못하게 했고, 그 대가로 잠자리─사실은 종이 상자 안에 낡고 지저분한 수건을 접어서 깐 거였지만─를 얻었고 내 밥그릇은 항상 가득 차 있었지. 뭐, 그게 내 삶이고 온 세계였어. 그들은 인간치고는 나쁜 사람들은 아니었지만 고양이를 좋아하는 사람들도 아니었어. 전혀. 그래서 어느 날 내가 뭔 착각을 했는지 휠체어를 몰고 복도를 지나가는 남자의 무릎 위로 뛰어 올라갔다가 시리얼 상자 더미에 냅다 내팽개쳐진 이후로는 그들과 거리를 두고 지냈지. 우리를 향한 인간의 반응이 얼마나 천차만별인지 참 요상하기도 하지. 어떤 인간에게는 인간의 자식만큼이나 소중한데 다른 인간에게는 식물과 다를 바가 없고, 또 다른 인간에게는 막대기만큼이나 감정도 권리도 없는 더러운 말썽쟁이 동물이니.

가게가 열려 있는 긴 시간 동안 드나드는 사람들이 많았지만 난 뒤쪽에 가만히 있었고 누가 내 존재를 알아채는 경우는 드물었어. 내 눈에야 드나드는 사람이 다 보였지만, 굳이 고개를 들어 무릎 위쪽을 볼 생각은 하지 않았지. 사실, 흔히들 말하는 것과는 달리 우리가 그렇게 호기심이 많지 않거든. 적어도 낯선 인간에 대해서는 그래. 어차피 인간들이 서로 크게 다르지도 않고. 그곳에 온 후 처음에는 엄마 생각을 많이 했어. (어쩌다 보니 내가 마지막으로 입양이 되어, 행복했던 마지막 며칠 동안 엄마를 독차지했지.) 엄마가 보고 싶었고, 아, 그래서 울기도 했어. 하지만 난 고양이니까, 새로운 환경에 빨리 적응했지.

하지만 온갖 일을—보호소로 다시 보내졌는데 그곳에 엄마는 흔적도 없고 냄새조차 남아 있지 않았던 일까지 포함해서—겪은 후 이 집에 왔을 때 다시 태어난 것 같았어. 너무나 무력하고 너무나 연약하고 겁먹은 상태였으니까. 그래서 이 집 부인이 나를 데려와, 밥그릇에 따뜻한 우유를 담아주고 수건을 적셔 닦아주고 부드럽고 깨끗한 천을 두툼하게 깔아 잠자리를 마련해줬을 때, 그리고 새집 여기저기를 구경하고 다니는 내 뒤를 따라다니는 모습을 보니, 엄마와 함께 있던 때가 떠올랐고, 두 번째 엄마가 생긴 기분이었어.

그 일은 한밤중에 벌어졌지만 다행히 아직 가게 문이 열려 있었어. 고양이가 (가르랑거리는 소리는 이제 내지 않았다) 말을 이었다. 아들이 계산대에서 혼자 일하고 있었고, 나는 내 상자 안에서 잠이 들었는데 갑자기 지하실에서 연기가 마구 올라오기 시작했어. 우리는 가게에서 후다닥 튀어나왔지. 그가 무슨 신호를 준 건 아니고, 그가 문을 향해 냅다 뛰기에 나도 따라 뛴 거야. 난 고속도로 건너편으로 달려가 어찌할 바를 모른 채 웅크리고 있었어. 소방차가 오자 더는 거기 버티고 있을 수가 없었어. 그 후로도 며칠 동안 귀에서 사이렌이 계속 울려댔을 정도였거든. 그래서 난 달리고 또 달리고, 너무 지쳐서 더 이상 달릴 수 없을 때까지 달렸어. 그날 밤은 무지하게 추웠고 난 한데 나와 있는 데 익숙지 않았지. 귀와 발이 얼어서 감각이 없었고, 아예 감각이 돌아오지 않을까 봐 겁이 났어. 어떤 집 포치 아래로 기어 들어갔어. 한기를 막아주지는 않았지만 적어도 좀 더 안전해 보이기는 했거든. 새벽이 밝자 난 집으로 돌아갔는데, 집은 흔적도 찾을 수 없고 타는 냄새가 진동하는, 축축하고 시커먼 잔해뿐이었어. 출입문에는 자물쇠와 체인이 걸려 있었지. 그 집 사람들은 그림자도 보이지 않았어.

뭘 어떻게 해야 할지 모른 채 망연자실 앉아 있었지. 차들이 지나갔고, 몇몇은 속도를 줄이고 망연히 내다보기도 했지만, 주차장에 차를 세우거나 나를 알아채는 사람은 없었어. 잿빛에 자그마하니 눈에 띄지도 않았겠지.

그러다가 자전거 두 대가 다가왔어. 누구인지 나는 알았지. 종종 수업을 빼먹고 문제도 일으키는 나쁜 아이들이었어. 가게에 노인만 있을 때 사탕이나 과자를 훔쳐 달아나며 속수무책으로 화만 내는 노인을 비웃은 적이 한두 번이 아니었지.

그 아이들에게 붙잡힌 건 정말 수치스러운 일이야. 하지만 내가 얼마나 허기져 있었는지 생각해봐. 한 아이가 자전거를 세우고, 멀리서도 고기 냄새가 향기롭게 풍기는 둥글게 뭉친 포일을 내 쪽으로 던졌을 때 내가 어땠을지 이해할 수 있을 거야. 기진맥진한 상태였으니 아이가 내 목덜미를 움켜잡는 건 식은 죽 먹기였지. 다른 아이가 내 꼬리를 잡고 악마처럼 고함을 지르고 낄낄대며 몇 번 빙빙 돌리더니 가게 뒤편 쓰레기통으로 데려갔어. 그러고는 그 안에 집어넣고 뚜껑을 닫은 뒤 옆면을 발로 차고 주먹으로 때리기를 한참 하다가 결국 시들해졌는지 가버렸지.

어둡고 춥고 축축한 그 쓰레기통 바닥에 난 앉아 있었어. 비어 있었지만 더럽고 끈적끈적했지. 부들부들 떨리는 몸을 어떻게 할 수가 없었어. 다음엔 뭐지? 저 야수들이 돌아와서 나를 끝장내려나? 돌아오지 않으면 난 여기서 어떻게 빠져나가지? 난 힘껏 목청을 높여 울기 시작했어. 텅 빈 통에 있는 내 귀에는 정말 크게 들렸지만, 그걸 들은 사람도, 다가오는 사람도 없었고 난 곧 울 기운도 없게 됐지. 그래도 우리 고양이들이 절망에 빠지면 하듯이, 소리는 나오지도 않는데 야옹야옹 계속 입을 벌렸다 닫았다 했지.

졸다 깨다 했지만 너무 춥고 허기지고 목이 말라 대체로 깨어 있었어. 깨어 있었지만 말짱한 정신은 아니었어. 더 이상 정신을 붙들기가 힘들어 자꾸 까무룩 더 깊은 어둠과 추위 속으로 빠져들고 있었지. 그런데 목소리가 들렸어.

맙소사, 쥐잖아.

올려다보니 파란 하늘을 배경으로 커다란 머리의 윤곽이 보였어. 머리 하나가 또 나타나더니 다른 목소리가 들렸어. 저게 무슨 쥐냐, 멍청아. 고양이잖아.

와아. 첫 번째 머리가 말했어. 밖으로 꺼내자.

아니야. 다른 머리가 말했어. 병에 걸린 것 같은데. 광견병에 걸렸을지도 모르잖아. ASPCA*에 연락해서 거기서 알아서 하라고 하자.

그렇게 해서 내가 다시 보호소로 가게 된 거야. 다시 가르랑거리기 시작한 고양이가 말했다. 그리고 다시 기운을 차린 뒤 어느 날 다른 여남은 개와 고양이와 함께 버스에 태워져 쇼핑

---

* 미국동물학대방지협회.

몰로 갔어.

초보자의 행운이라고나 할까. '절 구해주세요' 행사에 처음 나갔는데 바로 입양이 되었으니까. 내가 바라왔던 대로 엄마와 재회하게 되면 가장 좋았겠지만, 그렇게 될 수 없다면, 그다음 좋은 일이 바로 이 집 부인을 만난 거야. 내 두 번째 엄마라고 할 수 있지. 버번색 눈과 은빛 털을 가진 아름다운 고양이가 말했다.

그날 밤 고양이는 그것 말고도 많은 이야기를 들려주었다. 완전 셰에라자드였다, 그 고양이. 하지만 아침에 눈을 떴을 때 기억난 것은 이것뿐이었다.

7

우리 아파트 일 층에 사는 이웃인 여든여섯 살 할머니를 만나러 갔다. 할머니는 이십 년 전 남편이 세상을 뜬 후 혼자 살고 있다. 예전에는 시청의 한 부서에서 비서로 일했다. 퇴직한 후 동네 잡화점에서 계산원으로 일했지만, 몇 시간 내내 서 있어야 하는 일이 너무 싫어서 몇 달 뒤 그만두었다. 어릴 때 아이 봐주는 일을 했던 것을 빼면, 그가 평생 가졌던 직업이라고는 비서와 계산원, 이 두 가지밖에 없었다. 처음 그 집에 갔을 때 내가 고등학교 졸업 후 가졌던 직업을 줄줄 읊었더니 할머니는 너무 놀랐다. 다 읊으려니 애써 생각해내야 했던 것도 있었다. 할머니가 그보다 더 놀란 것이 딱 하나 더 있었는데, 그것은 내가 결혼을 한 번도 하지 않았고 자식도 없다는 사실이었다. 그것이 무슨 비운이 아니라 내 선택이었음을 그는 절대 받아들이지 못했다.

할머니에게는 아들이 하나 있는데, 올버니에 사는 그 아들은 한 달에 한두 번, 대개 일요일에 모친을 보러 왔고 항상 혼자 온다. 그는 부인과 이혼했다. 그에게는 자식들도 있고 손주들도 있지만 누구도 할머니를 보러 오지 않았고, 할머니는 멀리 가지 않으려 했기 때문에 손주들을 한 번도 보지 못한다. 그래서 할머니가 볼 수 있는 사람은, 올버니에서 한 달에 한두 번 일요일에 찾아오는, 한 법률회사에서 회계사로 일하는 아들뿐이다.

찾아올 때면 아들은 모친을 데리고 나가곤 한다. 나는 연극이나 영화를 보러 가는 두 사람을 마주치기도 했고, 동네 중국집에 앉아 있는 모습을 창문 너머로 보기도 했다. 할머니는 키가 150센티미터도 안 되는 데다 등이 굽어 턱이 거의 가슴에 닿을 듯하다. 그래서 허약한 할머니이지만 약간 팔팔하고 위협적이기까지 한 분위기가 풍긴다. 마치 머리로 들이받는 동물처럼. 조그만 아이들이 아닌 다음에야 누구와 말을 할라치면 눈을 치켜떠야 하는데, 보기만 해도 고통스러운 자세다. 아들은 길쭉한 사람이라 모친 곁에서 걸으며 대화를 하려면 걸음마 하듯 걸으며 버드나무처럼 몸을 한껏 구부려야 한다. 멀리서 보면 두 사람은 모자지간이라기보다 아버지와 비만인 자식처럼 보인다.

그런데 요즘엔 두 사람이 그렇게 걸으며 대화를 나누는 모습을 보지 못했다. 할머니가 이젠 밖에 나가려 하지 않기 때문이다. 한동안은 그래도 할머니를 잘 구슬려서 아파트 건물 안뜰의 벤치까지는 모시고 나올 수 있었다. 하지만 할머니는 가만히 앉아 있지를 못했다. 안뜰 쪽으로 창문이 나 있는 집에서 자신을 내다볼 수 있다는 것이 불안했다. 이웃인데도 그랬다. 일단 이웃이건 아니건 할머니는 아는 사람이 거의 없었다. 같은 건물에 그렇게 오래 살았건만—사실 그 누구보다 오래 살았다—친한 사람이 없다. 예전에는 친하게 지낸 이웃이 몇 있었지만 다들 이사를 했거나, 할머니 남편이나 거의 모든 옛 친구들이 그렇듯 이미 세상을 떴다.

이런 식의 두려움—누군가의 시선에 노출되거나, 누가 지켜보거나 염탐할지 모른다는 두려움—이 점점 더 할머니를 사로잡기 시작했다. 그보다 더 좋지 않은 것은 속임수에 걸리거나 사기당할지도 모른다는 두려움이었다.

얼마간은 연세 때문이지요. 아들이 내게 말했다. 다들 알다시피 나이가 들면 편집증이 좀 생길 수 있잖아요. 하지만 어머니가 누군가 당신을 등쳐먹으려고 한다는 생각에 사로잡혀 계신 게 정신이 이상해서는 아니에요. 전화가 하루 종일 오는데, (집 전화 말이었다. 휴대전화는 가진 적이 없었다) 하나같이 다 사기꾼들이거든요. 그런 전화야 누구에게나 오지만, 어떤 나이 이상이 되면 마치 거대한 표적이 되는 것 같아요. 어머니는 청산유수 같은 그 말솜씨에 뭐가 뭔지 모르겠고 겁이 나시는 거예요. 특히 당신 이름을 부르면서 이야기를 꺼내면 더 그렇죠. 도대체 내 이름은 어떻게 알지? 내 전화번호는 어떻게 알았지? 물론 무슨 수작을 부리려는 작자들이니까 조심해야 한다는 건 다 아시죠. 하지만 어떤 식으로든 그 사기꾼들에게 당하게 되지 않을까 늘 두려움에 떠시는 거예요. 최근에는 보이스피싱 사기꾼에게 저금해놓은 돈을 뜯긴 후 그 수치심을 못 이겨 스스로 목숨을 끊었다는 어떤 여자분 이야기를 뉴스에서 보고는 거기서 벗어나지를 못하세요. 그분은 그렇게 멍청한 짓을 했다는 사실을 자기 가족들이 알게 되면 금치산자 취급당하고 어디에 갇힐까 봐 겁이 났던 모양이에요.

지금 어머니가 가장 두려워하는 것이 그거예요. 남자가 말했다. 제가 요양원이란 말만 꺼냈다 하면 저와 의절하시겠다고 으름장을 놓으시죠. 그리고 사실, 연세에 비하면 혼자서도 잘 지내시는 편이긴 해요.

이 대화―그와 처음 나눈―는 아파트 안뜰 벤치에서 있었다. 안뜰에 앉는 건 나로서는 전혀 하지 않는 행동인데, 하필이면 그날 오븐에서 뭘 굽다가 태우는 바람에 냄새가 빠지기를 기다리던 참이었다. 그때 모친을 보러 온 그가 담배를 피우러 나왔다. 덥고 건조한 여름날이었고, 안뜰의 나무들이 짙은 그늘을 드리우고 있었다. 덩굴시렁을 타고 올라간 장미가 만발했고 도시의 공기는 제 나름으로 한껏 싱그러웠다. 담배 피우는 사람 곁에 있어본 지가 까마득해서 담배 연기가 불쾌하기는커녕 향수를 불러일으켰다. 자동차에 꽉 들어찬 십 대들, 밤새워 노는 대학생들, 마약, 록, 칵테일, 섹스. 그가 부러 자기 어깨 너머로 담배 연기를 뿜는 대신 내 얼굴에 훅 불어도 상관없을 터였다.

오늘 어머니에게는 수도 없이 많은 난관이 있었어요. 그가 말했다. 축하합니다, 방금 경품에 당첨되셨습니다. 최근 무슨무슨 호텔에 묵으셔서 (사실은, 할머니가 호텔에 머문 것은 평생 딱 한 번, 육십 년도 더 전에 신혼여행 갔을 때뿐이었다) 이제 그에 대한 리워드를 받을 자격이 생기셨습니다. 익명의 친구가 보낸 감사 선물이 기다리고 있습니다. 주문하신 특별 인명 구조 장비가 곧 배송될 예정입니다. 무료 여행, 신규 신용카드, 사전 승인된 대출, 맞춤형 건강 패키지, 무료 가정 보안 시스템을 제공받을 수 있습니다. 은행 계좌를 보호하기 위해 개인정보를 확인해주세요. 수감 중인 손주가 나오려면 돈이 필요합니다. 또 다른 손주는 유괴당했으니 몸값을 내라.

수신 거부 등록을 하는 건 어떠냐고 물었더니 남자는 어깨를 으쓱했다. 모친의 전화번호를 등록했지만 걸려오는 전화는 여전히 비슷하다고 했다. 발신자 확인 장치를 왜 사용하지 않으시냐고 했더니 그가 미소 지었다. 발신자 확인 장치야 있죠. 그가 말했다. 그런데 받지 않고는 못 배기시나 봐요. 전화벨이 울리면 받으실 수밖에 없는 거죠. 누군지 알아야 하니까! 게다가 합리적인 생각은 아니지만, 나쁜 놈들이 무서워 전화를 피하는 일은 절대 하실 수 없다나요. 그리고 녹음된 목소리가 아니라 진짜 사람이면, 제가 그렇게 절대 상대하지 말라고 신신당부를 해도 가끔 대화도 하세요. 따져 물으시는 거죠. 내 이름은 어떻게 알았냐. 전화번호는 어떻게 알았냐. 아니면 약간 속아주는 척도 하세요. 망령 난 늙은이인 척을 하면서요. 그쪽에서 어머니의 사회보장번호를 물으면 이러시는 거예요. 그럼, 알려주지. 쓸 준비 됐나? 일 이 삼 사 오 육 칠 팔 구일세. 누군가 손주를 붙잡고 있다고 하면 이러세요. 괜찮네, 손주야 많으니까. 걘 별로 맘에 들지도 않았어.

그 말을 듣고 있자니 하루 종일 집 안에 홀로 있는 할머니가 실은 그런 통화를 즐길 수도 있겠다는 생각이 스쳤다. 짜증스러운 일인 만큼이나 빈약하나마 일종의 오락거리일 수도 있겠다는. 예전에 살던 다른 이웃이 떠올랐다. 역시 남편을 잃고 혼자 사는 나이 많은 여자였는데, 주기적으로 내 현관문을 두드리고는 시끄럽다고 불평을 했다. 아무 소리도 내지 않은 나로서는 당황스럽기만 했는데, 나중에서야 거기 다른 것이 있었음을 깨달았다. 그는 끔찍한 일을 겪고 있었고, 관심이 꼭 필요했다.

때로는 그 사람들을 교화시키려고도 하세요. 남자가 말했다. 이런 말 하시는 걸 들은 적이 있어요. 왜 순진한 사람들에게 해를 끼치려고 하느냐, 왜 나가서 정직한 일을 찾지 않느냐, 그렇게 설교를 하시더라고요. 얼마쯤 성공했다고 자신하기도 하시죠. 지난달에 한 남자가 정말 죄송하다고 앞으로 절대 이런 일을 하지 않겠다고 약속했다면서요.

남자가 웃었고, 나도 따라 웃었다. 담배는 이미 다 피웠지만, 집으로 들어가지 않고 벤치에 앉아 계속 말을 했다. 그의 모친이 왜 이렇게 안 들어오나 걱정하지 않을까 싶었지만 그 자신은 개의치 않는 듯했다. 그가 다시 담배 한 개비를 꺼내 불을 붙였을 때도 크게 놀랍지 않았다.

갈수록 안 좋아지셔서 걱정이에요. 그가 말했다. 연세가 들수록 더 자주 잊으시니 자꾸 문제가 생기는 거죠. 칫솔이 냉장고에 들어가 있기도 하고, 손주들을 제대로 기억을 못 하기도 하세요. 어쨌든, 어머니보다 더 젊고 영리한 사람들도 날마다 사기를 당하고 있으니까요.

어머니를 요양원에 모신 한 친구가 떠올랐다. 그가 말하길,

찾아갈 때마다 엄마가 이제 좋은 여자 만나 자리를 잡고 살아야 하지 않겠냐고 한다고 했다. 그럴 때마다, 아니죠, 엄마, 난 동성애자라고요, 기억 안 나세요, 한다고. 수년째 이런 식이다. 어머니를 만나러 갈 때마다 친구는 매번 새로 커밍아웃을 해야 한다.

정말 우울해요. 안뜰에 앉은 남자가 말을 이었다. 나이 많은 어르신들은 이미 안 좋은 일을 많이 겪으셨잖아요. 우리가 사는 이 사회엔 독기가 가득해요. 나쁜 놈들 몇몇의 문제가 아니에요. 힘없는 사람들을 등쳐먹으려는 사람들이 수없이 많은 것 같다고요. 이해를 못 하겠어요. 그런 사기꾼들은 어떤 불쌍한 사람의 인생을 망쳐놓고 기분이 어떨까요? 그 피해자의 돈을 어떻게 신나게 쓸 수 있을까요? 다른 사람의 불행으로 잔치를 벌이는 거잖아요. 도대체 거울은 어떻게 보죠? 스스로에게 무슨 말을 할까요?

그 사람들은 기껏해야 돈이지 않냐, 실제 누굴 해치지도 않고, 살인자나 강간범이나 아동 성착취범처럼 극악한 건 아니지 않냐고 할 것 같다고 내가 말했다. 아마 다들 자신도 이런저런 해를 입었다고, 특히 너무 어려서 방어할 수도 없을 때에 그런 일을 겪었다고 말할 거라고 했다. 그때 아무도 신경 쓰지 않았다고, 그들을 보살펴준 사람은 아무도 없었다고. 다들 마땅히 자신들이 가졌어야 하는 것을 빼앗겼던 경우를 여남은 가지는 꼽을 수 있을 거다. 서로 먹고 먹히는 세상이다. 바깥세상은 정글이다. 다들 자기 앞가림을 하고 살아야 한다. 받아들여라.

그런 사람들은 스스로에게 그렇게 말할 거라고 내가 말했다.

남자가 나를 곁눈질했다. 심오한 얘기군요. 가벼운 조롱이 살짝 묻어났다. 심리학자이신가요?

난 작가라고 말해주었다.

재미있네요. 그가 담배 연기를 멍하니 눈으로 좇으며 중얼거렸다.

난 '유쾌한 과부 살인자'로 알려진 남자를 다룬 히치콕의 영화*가 떠올랐다. 돈 많은 늙은 과부들을 맹렬히 비난하는 찰리 삼촌. 그의 말에 따르면 '숨이 차서 씩씩거리는 살찐 동물들'인 그들은 그 모든 돈을 가질 자격이 없었다. "너무 살찌고 너무 늙은 동물은 어떻게 되지?" 그러니 그의 생각에 자신의 희생자들은 살육되어 마땅한 존재들이었다.

모친이 이제 밖에 나가려 하지 않았으므로 남자는 식료품과 다른 생필품을 집으로 배달시키고 일주일에 한 번씩 집 청소를 해주는 사람을 불렀다. 그런데 오래도록 청소를 하지 않은 곳이

---

* 〈의혹의 그림자(Shadow of a Doubt)〉.

있었다. 예컨대 창문 같은. 내가 그걸 알게 된 건 할머니를 찾아가기 시작했기 때문이다. 그날 안뜰에서 아들과 대화를 나누지 않았다면 벌어지지 않았을 일이었다.

허리케인 샌디로 우리 아파트에 전기가 들어오지 않던 며칠 동안, 아들은 어머니가 춥고 어두운 집에 홀로 있다는 생각에 정신이 나갈 지경이었다. 집 전화가 되긴 됐다. 하지만 다시 그런 비상사태가 생기면—비상사태는 당연히 또 생길 테니까—무슨 일이 일어날지 어떻게 알겠냐고 그가 말했다. 수년 전부터 어머니에게 북부로 집을 옮기자고 했지만 꿈쩍도 하지 않는다고 했다.

어머니는 완고한 편이세요. 그가 말했다. 이젠 손들었어요. 지브롤터 암벽을 움직이는 게 낫지.

당시는 내 인생의 저점이었다는 말을 해야겠다. 마음에 들지 않는 일이 고마운 일보다 더 많은 그런 시기 말이다. (정서적 행복에 도움이 된다는 말을 듣고 난 고마운 일 목록을 작성하고 있었다.) 다른 사람을 위해 뭔가를 하는 것이 처져 있을 때 기운 나게 해주는 한 방법이라고들 한다. 내 이웃과 나는 전혀 모르는 사이도 아니었다. 나도 그 아파트에서 오래 살았고, 그도 예전엔 그렇게 칩거하지는 않았다. 로비나 우편물 찾는 곳에서 마주쳐 몇 마디 나누던 때도 있었다. 난 그 남자에게 어머니를 가끔씩 찾아보고, 비상사태가 생기면 가서 살펴보겠다고 했다. 그렇게 무리한 부탁도 아닌 것 같았다. 다른 아파트에 살 때도, 젊지만 장애가 있어 거의 집 밖을 나가지 못하던 이웃을 위해 마찬가지로 해준 적도 있었다. 또한 사실을 말하자면, 아직 실행에 옮기기 전이긴 했지만, 내가 그런 선의를 베풀면 부엌에서 보내는 것보다 하루를 더 잘 보낼 수 있겠다 싶었고, 나아가 내 일을 끝내는 데도 도움이 될지 모르겠다 싶었다. 당시 내가 실의에 빠져 있던 주된 이유가 상당 기간 제대로 끝낸 일이 없기 때문이었다.

서로 연락처를 주고받은 뒤 남자는 내게 거듭거듭 고맙다고 하고는 예의상 관심을 보이며 물었다. 어떤 종류의 글을 쓰시나요? 내가 맞춰볼게요, 로맨스죠?

바로 그때, 우리 바로 위쪽 이 층에서 열린 창문을 통해 어떤 소리가 들려왔다. 울부짖음. 여자의 울부짖음. 우리는 잠시 말없이 앉아 있었고 그사이 울부짖음은 신음으로 넘어갔다.

분명 창문 바로 아래 침대가 있었을 것이다. 게다가 벽돌 담으로 둘러싸인 공간에서는 어떤 소리든 얼마나 증폭되는지 (주민들의 잦은 불평의 원인이었다) 거의 마이크를 들이댄 것만 같았다.

우리는 서로 시선을 피하며 말없이 벤치에서 일어나 건물 현관문으로 향했다. 나는 뛰지 않으려 애쓰며 그보다 약간 앞서 걸었는데, 그사이 신음 소리는 우리를 쫓아왔고, 끊임없이, 리드미컬하게 점점 소리를 높이며 그래? 그래? 그래 그래 그래? 하고 기괴하게 따져 물었다. 그러다가 막 현관문 앞에 도착했을 때 우리는 여자의 외침을 들었다. 그만! 싫어! 싫어! 그만!

우리가 헤어지며 인사는 했던가? 지금 기억나는 것이라고는 뒤처진 남자를 내버려두고 내가 계단을 단숨에 뛰어 올라갔고 집 안에 들어가 문을 쾅 닫고는 눈물이 글썽거리고 가슴은 쿵쾅거리는 채로 문에 기대서 있었다는 것뿐이다.

난 그것이 어렵지 않은 임무라고 보았다. 대부분 그렇듯이 할머니도 대화를 원할 거라고 보았다. 특히 외로운 사람들일수록 전혀 모르는 사람에게도, 듣는 사람과는 아무 상관 없는 얘기도 수다스럽게 늘어놓으니까. 아마 자기 얘기를, 지금껏 살아온 긴 세월과 과거의 기억을 내게 들려줄 것이고, 나는 다른 사람들의 삶, 특히 과거의 기억들에 진정 관심이 있으므로 굳이 관심 있는 척 가장할 필요도 없을 것이었다. 어떤 유명한 극작가의 말이, 정말로 멍청한 인간, 재미없는 인생이란 없고, 기꺼이 마주앉아 듣고자 하면 그것이 사실임을 알게 될 거라 했는데 대체로 맞는 말이라고 본다. 하지만 때로는 아주 오랫동안 앉아 있어야 한다. 내 청소년 시절을 돌아보면, 그때 나와 내 친구들은 어쩌면 그렇게 서로의 부모님과 조부모님에게 관심이 없었는지 지금은 생각할수록 놀랍기만 하다. 할 말이 뭐가 있겠어? 평범한 사람들이잖아. 가정주부나 은퇴한 사람들 아니면 대부분 우리로서는 도무지 흥미로운 구석이 없어 보이는 일을 하러 매일 매일 출근하는 사람들이었다. 나중에서야 그들이 그 세기의 가장 극적인 사건들을 거쳐온 사람들임을 깨달았다. 격변의 시기에 성년이 되고 갖가지 어려움을 겪은 장본인들. 외국에서, 혹은 저 아래 남부에서 참혹한 상황을 모면했거나, 대공황 때 홈리스가 되었거나, 세계대전에 참전했거나, 포로로 붙잡혔거나, 죽음의 수용소에서 살아 나온 인물들이었다. 우리가 본 영화의 주인공들처럼, 사람이 겪을 수 있는 가장 극단적인 상황들을 겪어온 인물들인데, 영화를 통해 막연하게 어떤 것인지 알기는 했지만, 예를 들어 친한 여자애들이 어떤 옷을 입고 어떻게 화장을 했나, 그런 관심거리에 비하면 조금도 궁금하지 않았다. 나와 내 친구들은 서로의 말에 빠져들었고, 어차피 하나같이 똑같은 이야기였지만 베프의 경험에서 하나라도 놓칠세라 열심히 귀를 기울였다. 같은 반의 한 친구 아버지는 존 에드거 후버* 아래에서 일했고, 엄마가 응급실 간호사인 친구도 있었다. 그들에게는 이야깃거리가 있었다. 우리가 밤마다 TV 앞에서 넋을 잃고 빠져드는 이야기와 마찬가지의 이야기들. 하지만 우리는 그들과 대화할 마음은 꿈에도 없었고, 그쪽에서 먼저 터놓고 당신들의 이야기를 시작했다면 아마 죽을 지경이었을 것이다.

하지만 나중에 내가 깨달은 사실은 그들 대부분이 자기들끼리도, 다른 어른들은 물론 친밀한 사람들하고도 전혀 옛이야기를 하고 싶어하지 않는다는 것이다. 트라우마를 입힌 일이라면 특히 더 그랬다. 누가 그런 일을 떠올리고 싶을까? 그런 이야기를 누가 듣고 싶을까? 오직 작가들이나 자신이 겪은 일을 얘기하겠지.

'말하지 않은/말할 수 없는untold'은 그런 면에서 좋은 단어이다. 물론 이야기하거나 서술되지 않았다는 뜻이지만 또한 너무 버거워서 말로 할 수 없다는 뜻이기도 하다. 말하지 않은/말할 수 없는 젊은 시절의 이야기. 말하지 않은/말할 수 없는 고통.

다들 알겠지만 나이 든 사람들의 집 공기는 늘 퀴퀴하다. 창문이 열려 있을지라도 숨이 막히는 기분이었다. 오후에 내가 들를 때면 대개 그 집 블라인드는 내려와 있었고, 방 안의 유일한 불빛은 언제나 틀어놓는 듯한 TV의 불빛뿐이었다. 번거롭게 하

---

* FBI의 전신인 수사국 국장부터 시작해 FBI의 초대 국장을 한 이래 죽을 때까지 37년 동안 그 자리를 지킨 인물.

기 싫어서 나는 늘 길모퉁이 카페에서 커피와 머핀을 사 들고 갔다. 그에 할머니는 분명 고마워했고, 난 그것이 나의 방문에 어떤 형식을 제공해주어서, 함께 할 것과 함께 나눌 것을 제공해주어서 다행스러웠다. 그리고 커피와 머핀을 다 먹고 나면 그것을 신호로 너무 어색하지 않게 자리를 뜰 수 있었다.

할머니는 입만 열면 불평이었다. 대부분 우리 아파트에 대한 불평이었다. 지하실에 쓰레기가 쌓여 있다든지, 관리인이 뭐 하나 고치는 데 시간이 너무 많이 걸린다든지, 그 사람 영어를 알아듣기가 너무 힘들다든지, 위층 여자가 굽 높은 구두("지미 추추*를 신고 말이야")를 신고 따각따각 소리를 내고 다닌다든지, 아이들이 안뜰에서 공을 던지고 논다는 식이었다. 어느 집에서인가 고양이 변소 냄새가 간혹 화장실 환기구를 통해 올라온다며 특히 짜증을 냈다. (한번은 내가 그곳에 있을 때 그런 일이 있었다. 사실 그건 누군가 대마초 피우는 냄새였지만 말하진 않았다.) 젊은 시절에 대해 물어보면 화제를 돌렸다. 별로 젊은 시절을 떠올리고 싶지 않다고 말했다. 늙었다는 느낌만 더 든다면서. 내 삶을 전혀 궁금해하지도 않았다. 결혼도 안 했고 아이도 없다. 그러니 삶은 무슨 삶? 아파트에 대한 불평을 끝내면 전반

---

* 영국의 고급 신발 브랜드인 '지미 추'를 말함.

적인 세상사로 옮겨 갔다. 세상사에 대한 그의 생각은 몇 글자로 요약될 수 있었다. 지옥행 특급열차.

다시 여름이 찾아와서 난 집을 비웠다. 여행을 좀 하고 육 주 뒤 돌아왔을 때, 할머니가 잠깐 병원에 입원했다는 사실을 알았다. 아들은 그냥 관상동맥 문제라고만 했다. 처음에는 별로 달라진 게 없어 보였다. 예의 장황한 불평이 이어졌는데, 대통령 선거가 가까워오면서 할머니는 갈수록 흥분했다. 누가 봐도 부적합한 사람, 뻔뻔할 정도로 비도덕적이고 타락한 사람, 내뱉는 말마다 거짓말이어서 한마디로 완전히 부적격자인데 그런 인물을 우리 국민이 이 나라의 가장 높은 자리에, 세상에서 가장 힘 있는 그 자리에 선출한다는 게 도대체 있을 수 있는 일인가?

인류에 대한 그의 믿음이 이 정도로 흔들린 적이 없었다.

이루 말할 수 없이 부정직한 여자라고 할머니가 말했다. 심지어 혐오스러운 오바마보다 더하다고 했다. 죄를 지었고, 기만적인 반역자이고, 따라서 총으로 쏴 죽여 마땅했다. 어떻게 저런 여자가 여기까지 올 수 있었지? 당연히 모종의 음모가 있었다.

저 자신은 정치에 크게 관심 있던 적이 별로 없어요. 아들이 내게 말했다. 지금은 그냥 양쪽 다 마음에 들지 않아서 끝나기를 잠자코 기다릴 뿐이죠. 그런데 실은 어머니가 지금까지 저러신 적이 없어요. 그러니까 선거 때문에 그렇게 열을 내신 적도 없고, 내가 어릴 때 부모님은 대개 민주당에 투표하셨거든요. 어머니는 한때 페미니스트이기도 했고요. 그렇다고 정치적 운동에 참여했다는 건 아니고, 그 책을 읽으시는 걸 (『여성성의 신화』*라고 했다) 봤거든요. 그리고 여성 해방이 얼마나 대단한 일인지, 많은 여성들이 공직에 들어가지 못하는 것이 얼마나 잘못된 일인지 말씀하신 기억도 나고요.

미친 소리 같지만, 요즘 어머니 말씀을 듣고 있으면 어머니가 입원해 계신 동안 누가 머리에 무슨 칩을 박았나 싶기도 해요. 기독교인들이 공격을 받고 있다고 하고, 힐러리 클린턴이 무슨—정확히는 모르겠지만 힐러리 클린턴이 사탄의 부름을 받았다나 뭐 그런 말씀을 하시는 걸 들었거든요. 그런데 사실 어머니는 종교를 믿지 않아요. 지금까지 내내 그랬고 사탄의 존재를 믿으시는 줄도 전혀 몰랐어요. 그러니 이게 도대체 다 어디서 왔을까요? 무슨 문제가 됐건, 션 해너티**의 말과 아들의 말 중에서 무조건 해너티 말만 믿으니 이게 어찌 된 일일까요?

죄송해요. 지금 지겹도록 그런 이야기를 듣고 있을 텐데, 그래도 선거만 끝나면 괜찮아지실 거예요.

---

* 미국에서 제2물결 페미니즘을 촉발한 베티 프리던의 저서.
** 폭스뉴스의 정치 토크쇼 진행자.

하지만 선거가 끝나도 괜찮아지지 않았다. 여전히 편집증에 시달렸고 여전히 기독교와 진정한 애국자의 적들에게 분노를 쏟아냈다. 한번은 션 해너티를 보면 루 코스텔로*가 떠오른다고 했더니, 내가 그를 비방하기라도 한 양 내게 화를 내기도 했다.

하지만 사실 할머니의 행동에서 가장 기이한 점은 내 말에 별로 신경 쓰지 않는다는 것이었다. 그렇게 분개하여 열변을 토하다가 한 번이라도 말을 멈추고 내가 동의하는지 물은 적이 없었고, 두 후보에 대한 내 견해를 물은 적도 없었다. 내가 나서서 내 생각을 말하면 어깨만 으쓱할 뿐 내 생각을 바꿔놓으려는 시도도 전혀 하지 않았다. 진실을 알고 싶으면 폭스뉴스를 보면 되고, 그게 싫으면 너 알아서 하라는 식이었다.

하지만 대개는 아예 내가 그 자리에 없는 것 같았다. 내가 있을 필요가 없다는 느낌을 그렇게까지 받아본 적이 없었다. 커피와 머핀은 요정이 갖다줬다고 해도 될 정도였다. 내가 찾아오는 일이 그에게 정말 무슨 의미가 있을지 의구심이 들기 시작했다. 말을 들어주는 데는 성공적이었던 듯하지만, 어떤 진정한 인간관계는 없는 것 같았다. 뭔가 좋은 일을 해보자는 마음으로, 다른 한 사람, 그 아들까지 치면 두 사람에게 도움이 될까 싶어 시

---

* 20세기 중반에 활동한 미국 코미디언.

작한 일이었다. 하지만 그 자리에 있는 일분일초가 끔찍하고, 애초에 이 일을 하겠다고 했던 것을 후회하고, 그들을 만나게 된 것, 그 사람이 태어났다는 사실 자체를 후회하게 됐다면 여전히 그게 과연 좋은 일이라 할 수 있을까? 실은 보통 역겹다고 할 만한 상황 아닐까? 내가 힘겹게 다시 그 집 초인종을 누르는 순간까지 그 며칠 사이 점증되는 불안은 차치하고라도, 실제로 할머니가 무서운 순간이 있었다. 목소리를 높여 화를 내고 구부정한 자세로 핏발 선 눈동자를 굴리며 나를 노려볼 때면 정말로 탁자를 뛰어넘어 나를 머리로 들이받을 것만 같아 겁이 났다.

그렇지만 이제 와서 어떻게 이 일을 그만둘 수 있을지 알 수가 없었다. 아들에게는 뭐라 할 것이며 (사실대로 말할까 아니면 핑계를 댈까) 할머니 본인에게는 (하지만 신경이나 쓸까?) 또 뭐라 할 것인가? 난처하고 우스꽝스러운 입장에 빠져버렸다는 느낌이 점점 강해졌다.

정말 슬픈 일이죠. 그것이 그 아들이 마지막으로 내게 한 말 가운데 하나였다. TV를 그렇게 보시지 않았다면 이렇게까지 되시지 않았을 텐데. 그걸 생각하면 너무 화가 나요. 지금 가진 것에 감사하며 말년을 비교적 편안하고 평온하게 보내실 수도 있었을 텐데. 그 대신 바깥세상에 적들이 진을 치고 당신을 노린다며 잔뜩 겁먹은 채 그들을 향한 원한과 억울함에 끊임없이 시달리고 계시잖아요. 노인들에게 그런 일이 일어나니 참 서글퍼요. 난 할머니 잘못이 아니라고, 내게도 똑같은 일이 일어날 수 있다고 스스로에게 되뇌었지만, 그런 일이 정말 내게 일어나기 전에 난 먼저 죽어버릴 것이다.

젊은 시절 내내 인권을 위해 싸웠던 대학 은사 한 분이 긴 인생의 막바지에 이르렀을 때 쓰는 단어가 겨우 몇 개밖에 남지 않았는데 (그것도 악을 쓰며 말했다) 그중 하나가 '호모 새끼'였고 다른 하나는 '검둥이'였다.

난 다시 집을 비웠고, 그사이 이번에는 아들에게 관상동맥 문제가 생겼다. 그 소식은 여행에서 돌아온 뒤 다른 이웃에게서 들었다. 장례식이 끝나고 얼마 안 되어 어떤 친척이 와서 그 모친을 데려갔다고 했다. 어디로 갔는지는 모른다고 했다. 짐은 대부분 아파트에 그대로 있었고, 그러고도 한 달이 지나서야 같은 친척이 와서 짐을 치웠다고 했다. 곧 젊은 커플이 그 집에 들어왔다. 그들과 말을 나눈 적은 없지만, 최근에 보니 여자가 임신 중이었다.

할머니의 새집 주소를 알아내는 일은 그리 어렵지 않을 테니, 꼭 알아내서 조의를 표해야 한다고 생각을 했다. 하지만 할머니가 없는 것을 알고 얼마나 커다란 안도감이 찾아왔던지, 그에 비하면 연락을 취하지 않는 것은 덜 부끄러운 일 같았다.

어떻게 지내요? 이렇게 물을 수 있는 것이 곧 이웃에 대한 사랑의 진정한 의미라고 썼을 때 시몬 베유는 자신의 모어인 프랑스어를 사용했다. 그리고 프랑스어로는 그 위대한 질문이 사뭇 다르게 다가온다. 무엇으로 고통받고 있나요Quel est ton tourment?

8

아인슈타인이 남긴 사적인 기록에 인종차별적 스테레오타입이 몇 군데 나오고 또한 아내를 학대했다는 얘기를 들었느냐는 질문으로 친구는 우리 인생의 가장 중요한 대화를 시작한다. 들었다고 하자 친구는, 그러면 상대성 이론도 끝난 거네, 하고 말한다.

난 맞장구치듯 웃어주고는 기분이 어떠냐고 묻는다. 황달로 누렇게 뜨고 수척해져 상태가 안 좋아 보였지만, 마지막으로 봤을 때보다 더 나빠지진 않은 것 같다. 손을 떨고 때로 말하는 중에 숨이 가빠오는 새로운 증상이 생겼다.

내가 정말 멍청한 짓을 했어. 친구가 말한다.

그럼 어때. 내가 말한다. 그랬다가 바로 얼마 살지도 못하는데

라는 의미로 친구가 받아들였을까 봐 걱정이 된다.

친구는 말기 질환자와 인터뷰를 하는 라디오 팟캐스트를 하는 데 동의했다고 한다. 병원의 사회복지사가 권해서 하자고 했는데, 좋은 생각이 아니었어. 엉망이 되었다고, 친구의 말로는 탈선했다고 한다. 통증도 있었고, 제대로 먹지 못해 약간 어지럽기도 했어. 그날 아무것도 넘기질 못했거든. 아주 거슬리는 질문이 나오리라는 것을 예상했어야 했는데. 아니면 질문 자체야 거슬리는 게 아니어도 내게는 충분히 그럴 수 있다는 걸.

이젠 어떻게 해볼 수도 없지만. 친구가 침울하게 말한다.

그래서 뭐, 무슨 상관이야? 나는 그렇게 말하곤 친구가 얼마 살지도 못하는데로 이해할까 봐 그 말을 다시 주워 담고 싶어진다.

맞아. 친구가 말한다. 신경 쓰지 말아야지. 하지만 남은 시간이 별로 없는데 그걸 잘 못 쓰면—얼마 안 되는 시간을 명청한 짓을 하느라 날려버리면—망할 일이잖아. 명청한 실수를 이승의 내 마지막 인상으로 남기고 싶지 않은 것도 당연하고.

생각처럼 그렇게 나쁘진 않을 거라고 내가 말한다—진심으로. 그가 공적인 자리에서 나쁜 인상을 준 경우는 전혀 보지 못했다고.

이 대화의 배경을 설명하는 걸 잊었다. 우리는 바에 있다. 친구는 며칠 전 나를 찾아왔는데, 그 전에 이 바를 특정하며 거기서 만나면 안 되겠냐고 물었다. 그곳은 우리가 근처 다세대 주택에서 룸메이트로 함께 살 때 (여자 한 명이 더 있었는데 그와는 연락이 끊긴 지 오래다) 자주 어울리던, 때로는 매일 들르던 곳이었다. 친구는 누구네 집에 묵느니 호텔방이 낫다며 호텔에 머물고 있었다. 딱히 호텔을 좋아하진 않지만 남의 집에 묵는 건 끔찍이도 싫다며. 이곳에 사는 친한 친구가 몇 명 있고, 이 여행의 목적이 그 친구들과 시간을 보내기 위해서라고 해도. 그리고 기력이 너무 떨어지지만 않으면—그리고 내 심장이 버텨준다면. 친구는 이렇게 말했다—예전에 내가 여기 살던 그때 특별한 의미가 있었던 몇몇 장소도 찾아보고 말이야. 집으로 다시 돌아가기 전에 나를 볼 수 있는 시간은 바에서 만나 함께 술을 마시는 그때밖에 없을 거라고 했다.

그곳은 예전에는 단골 술꾼들이 득시글거리는 싸구려 술집으로, 값싼 술과 포장된 안주 몇 가지를 내놓는 게 고작이었다. 당구대 하나와 빈티지 윌리처 주크박스 하나가 있었고, 당연히 담배도 피울 수 있어서 우리 둘을 포함해서 거의 다들 담배를 피웠다. 동네가 젠트리피케이션을 겪으면서 그곳도 이제는 지나치게 비싼 와인들이 적힌 지나치게 커다란 와인 메뉴판이 있고, 예전에 당구대가 있던 자리에는 오래된 듯한 타파스가 놓인 뷔페 탁자가 있고, 재즈가 요란하게 울린다. 양 끝으로 위쪽에 TV

스크린이 달려 있는데, 무음으로 하나는 뉴스, 하나는 스포츠, 이렇게 다른 채널에 맞춰져 있다.

예전의 특성은 하나같이 다 사라졌지만 이 구역에서 지금까지 살아남은 유일한 가게이고 북적이는 손님들로 보건대 장사도 꽤 잘되는 모양이다. 이 변화에 우리는 한탄하고 슬퍼한다. 그래도 이곳은 여전히 우리 젊은 날의 성지이다. 얼마나 많은 날을 서로에게 기대어 비틀거리며 집으로 갔는지. 가다가 말고 한 사람이 주차된 차 사이에서 토악질했던 것도 한두 번이 아니었다. 토할 때 머리카락을 붙들어주면 바로 그게 여자 친구인 거야. 그 우정을 위해 건배.

난 치욕스럽게 고통에 시달리다 가지는 않을 거야.

친구의 이 말에 난 놀라지 않는다. 우선, 그런 말은 전에도 한 적이 있었다. 무슨 뜻인지 알았고 아마 친구라면 그럴 거라고 나 역시 받아들였다고 생각했다. 하지만 안락사 약을 구해놓았다는 친구의 말을 듣는 지금 전혀 다른 기분에 휩싸인다.

뭐라고 해야 할지 모르겠네.

그러겠다고 말해주면 좋겠는데.

그러다니—뭘?

도와달라는 내 부탁을 들어주겠다고 말이야.

도와—? 후두에 경련이 일며 나는 만화에서처럼 침을 꿀꺽

삼킨다. 그 모습에 친구가 미소를 짓고.

내가 죽는 걸 도와달라는 게 아니야. 친구가 말한다. 내가 알아서 할 수 있어. 복잡하지도 않아.

정말 복잡한 문제는 지금부터 그때까지 어떻게 지낼까야.

일단 그 시간이 얼마나 될지 잘 모르겠어.

당연히 웬만하면 고통받지 않았으면 좋겠는데.

하지만 가능한 한 차분하게 이뤄졌으면 해. 친구가 말한다. 만사가 순조로웠으면 하는 거지.

어디 다른 곳에 가고 싶어. 여행을 가겠다는 게 아니야. 여행은 기분 전환을 위한 건데, 내가 원하는 건 그런 게 아니야. 그리고 예전에 아주 좋아했거나 행복한 시간을 보냈던 곳은(예컨대 일생일대의 로맨스를 경험한 그리스라든가 최고의 휴가를 즐겼던 부에노스아이레스 같은 곳)—뭐, 너도 다들 하는 말 들어봤잖아. 정말 행복했던 장소로는 절대 돌아가지 말라. 사실 이미 그런 실수를 한 번 한 적이 있고, 그래서 아름답던 처음 기억을 망쳐버렸지.

나는 나 역시 그런 적이 있다고 말할 수도 있었다. 그것도 한 번이 아니라고.

짧은 여행에 반대하는 건 아니야. 친구가 말한다. 하지만 내가 정말 원하는 건 어떤 조용한 장소를 찾는 거야. 멀리 떨어진 곳일 필요는 없어. 사실 너무 멀면 안 되겠지. 딱히 특별한 면이 없어도 상관없고. 그냥 평온하게 마지막으로 해야 할 일들을 할 수 있는 곳이면 돼. 마지막으로 해야 할 생각도 하고. 숨이 가빠진 친구가 덧붙인다. 그게 뭐가 됐든지.

컵을 꽉 쥐고 있던 손에서 힘이 빠진다. 그러니까 그저 이상적인 장소를 찾아달라는 부탁이구나. 난 정말로 집이 아닌 낯선 장소에 머물길 원하느냐고 묻는다.

그 편이 일이 더 쉬울 것 같아. 친구가 말한다. 편안하고 안전하고 괜찮은 장소이기만 하면 말이지. 집이 아닌 다른 곳에 있을 때 내 최고의 저작―최고의 생각―이 나온 경우가 많았어. 이를테면 교환교수로 있을 때라든지 명상 수련회나 심지어 호텔에 머물 때. 친근하고 익숙한 것들, 애착하는 대상들을 떠올리게 하는 그 모든 것에 둘러싸이지 않을 다른 장소에 있어야 더 수월하게 준비할―놓아버리는 데 집중할―수 있을 것 같아.

물론 틀린 생각일 수도 있어. 이 모든 게 그저 일종의 환상일지도 모르지. 하지만 지금까지 많이 생각했고, 지금 느낌으로는 그게 맞아. 이해가 돼?

그래. 내가 말한다. 그러니까 내가 그런 장소를 찾아주거나 거기 자리 잡는 일을 도와줬으면 하는 거지?

아니. 친구가 말한다. 그건 내가 알아서 할 수 있어. 이미 찾고 있기도 하고.

친구는 손등이 보이도록 한 손을 탁자에 올려놓고, 떨리는 걸 진정시키려고—감추려고—다른 손으로 지그시 누른다.

내게 필요한 건 나와 함께 있어줄 사람이야. 친구가 말한다. 물론 혼자 있는 걸 원하기는 해. 결국 내게 익숙하고, 또 늘 열망했던 게 그거니까. 말기 환자라고 그게 달라지지는 않아. 하지만 완전히 혼자서 있을 수는 없어. 그러니까 새로운 시도이고, 그게 정말 어떤 일일지 어떻게 알겠어. 뭐라도 잘못되면 어떻게 해? 전부 다 잘못되면 어떡하겠어? 옆방에 누군가 있을 필요가 있는 거지.

난 평정을 유지하려고, 말을 고르느라고 무진장 애를 쓴다.

그렇지. 내가 말한다. 혼자 있으면 안 되지.

나는 잠시 짬을 두었다 말을 잇는다. 하지만 좀 더 가까운 사람과 함께 있는 게 더 편하지 않겠어? 가족이라든지? 이 바를 뻔질나게 드나들던 시절에는 우리 둘이 단짝처럼 붙어 다니긴 했지만, 그리고 이후로도 늘 연락은 하고 살았지만, 우리는 오랜 세월 각자 다른 길을 걸어왔기 때문에 친구가 이런 부탁을 하는 게 나로서는 당혹스럽기만 하다. 게다가 약을 구했다는 말에서 받은 충격도 아직 가시지 않은 상태이다.

내 가족? 친구가 심드렁하게 되묻는다. 글쎄, 그럼 내 딸이 될 텐데—달리 가까운 혈육은 없으니까—그런데 딸에게 그런 부탁은 할 수가 없지. 안 되는 일이야. 단지 우리가 서로 편하지 않아서가 아니야. 바로 그렇기 때문에—우리 사이가 늘 평탄치 못했기 때문에—까놓고 말하자면 그건 내가 걔를 심리적으로 조종하는 게 될 거야. 그애야 의무감에서 그러겠다고 할 수도 있지. 하지만 걔가 늘 내게 가졌던 적개심을 생각하면 자신의 감정을 다스릴 수나 있을지 알 수가 없어. 아니, 난 어떤 명분으로도 그애를 그런 상황에 빠뜨릴 수가 없어. 게다가 걔가 나의 주된 상속자라는 문제도 있지.

친구의 잔엔 술이 그대로 있지만, 그에 아랑곳하지 않고 웨이터가 다가와 한 잔씩 더 하시겠냐고 묻는다. (이건 그냥 전시용이야. 친구는 앞서 자기 진토닉 위로 손을 흔들며 그렇게 말했다. 약을 먹고 있어서 술은 못 마셔. 네가 내 몫까지 다 마셔.) 내 잔은 얼마 전부터 비어 있었기 때문에, 웨이터가 물러가자마자 난 친구의 잔으로 손을 뻗는다. 친구는 재미있다는 표정으로 잠시 나를 보더니 이렇게 말한다. 네가 내 첫 번째 후보자는 아니었는데, 그렇다고 서운하지는 않겠지.

친한 친구 두 명은 이미 거절했다고 한다. 어떤 종류의 조력자살에도 절대 관여할 수 없다고 했다고 한다. 간접적으로라도 할 수 없다고. 왜 그런 결심을 했는지 이해하고 그들 역시 친구가 고통받기를 원하지 않지만 스스로 목숨을 끊을 때 옆에서 그냥 지켜보는 일은 절대 못 할 거라고, 분명 못 하게 막을 거라며 거절했다고 한다. 아니야, 못 해.

다들 그런 식이야. 친구가 말한다. 무슨 일이 있어도 끝까지 싸우기를 바라는 거지. 암에 대해 그런 식으로 배워왔으니까. 환자와 질병의 싸움이다. 곧 선과 악의 싸움이다. 행동에도 옳은 방식이 있고 그른 방식이 있다. 강한 대응과 나약한 대응. 투사의 방식과 포기자의 방식. 이기고 살아남으면 영웅이 돼. 지면, 글쎄, 아마 온 힘을 다해 싸우지 않은 거겠지. 고약한 멍청이 의사들이 내린 사형선고를 받아들이지 않은 덕에 수년을 더 살 수 있었던 이런저런 사람들 얘기를 얼마나 많이 들었는지 넌 믿을 수도 없을 거야. 사람들은 말기라는 말을 듣지 않으려고 해. 친구가 말한다. 불치라거나 수술 불가능이라는 말도 그렇고. 그런 건 패배주의적 말이라는 거야. 살아 버티는 한 가능성은 있다 같은 정신 나간 얘기를 해. 의술의 기적은 매일 일어난다는 말도. 매일 찾아보고 있기라도 한 것처럼 말이야. 어떻게든 버티고 있으면, 누가 알겠느냐, 치료법이 나올지. 이런 말도 하지. 교육받았다는 똑똑한 사람들이 그렇게나 많이들 암의 치료법이 금방이라도 나올 거라는 환상에 빠져 있는 줄은 미처 몰랐어.

다들 진심으로 믿어서 그런 말을 한다는 건 아니야. 친구가 말을 잇는다. 하지만 그렇게 말해야 한다고는 분명 믿고 있는 거지. 상당히 많은 사람들이 포기하지 말라고 나를 설득하려 했어. 온 힘을 다해야 한다. 계속 애를 써야 한다, 그렇게. 계속해나가야 한다는 뜻이지. 만사가 괜찮은 것처럼 계속해나가면 정말 만사가 괜찮아질지도 모르지 않느냐며. 정말로 그렇게 될 때까지 그런 척이라도 해라, 하는 식이잖아. 친구가 그렇게 말하고는 한바탕 웃다가 숨이 가빠진다. 방사선 치료를 받으면 여드름이 나고 입병이 잔뜩 생길지 몰라도 립스틱은 늘 발라야 한다는 거지.

사람들이 이 병을 상대할 수 있는 방법은 영웅 서사를 만드는 방법밖에 없나 봐. 생존자는 영웅이다. 어린아이라면 슈퍼 영웅이고. 그저 할 일을 하는 의사들까지도 영웅적 조치를 취하고 있다고 하는 거야. 그런데 도대체 왜 암이 한 사람의 패기를 판단하는 일종의 시험이 되어야 하는 거지? 그런 걸 받아들이기가 얼마나 힘들었는지 말할 수도 없어. 지금까지 들은 말 가운데 진부하고 상투적이지 않은 말이 없었어. 그 모든 소음에서 벗어나고 싶어서 소셜 미디어도 그만뒀어. 암 환자 지원 공동체가 정말 최악이야. 암을 선물이자 정신적 성숙의 기회, 자기 자신도 몰랐던 자질을 발달시킬 기회로 생각해라. 최고의 자아에 이르는 여정의 한 단계로 생각해라. 진짜라니까. 그런 헛소리를 들으며 죽어가고 싶은 사람이 누가 있을까?

친구가 숨을 고르며 과장되게 어깨를 으쓱한다.

친구가 말을 잇는다. 의사가 대놓고 말하는 때가, 정말로 듣고 싶은 게 그런 거라면 말이야, 곧 찾아와. 불치. 수술 불가능. 말기. 나는 치명적이라는 표현이 더 좋아. 아무도 그 말을 쓰지는 않지만. 치명적이란 말 좋잖아. 말기terminal라는 말을 들으면 버스 터미널이 떠오르고 그러면 매연과 가출 청소년을 찾아 서성대는 으스스한 남자들이 생각난다고. 다시 하던 얘기로 돌아오면, 내가 다 조사해봤어. 그냥 내버려두면 어떤 상황을 겪을지 알아. 완화 치료라는 것도 딱 그만큼이야. 점점 상태가 악화되어 결국 혼자서 아무것도 하지 못할 때까지 호스피스에 들어가 있을 필요가 뭐가 있는지도 모르겠고. 이것이 싸우는 내 나름의 방식이라는 걸 사람들도 이해해야 해. 내가 먼저 나를 없애버리면 암이 나를 없앨 수 없을 테니까. 그리고 떠날 준비가 되어 있는데 기다리는 게 무슨 의미가 있어. 지금 내게 필요한 건, 이 모두를 이해하고 내 편이 되겠다고 약속해줄 사람, 내가 잠든 사이에 약을 변기에 넣고 내려버리는 그런 멍청한 짓은 하지 않을 사람이야.

지금 당장 나와 너무 가깝지 않은 사람을 찾는 게 나을 수도 있겠다는 생각이 들었어. 신뢰할 수 있지만 쭉 만난 건 아닌 사람. 머릿속에 떠오른 오랜 친구가 한 명 또 있었는데, 그 친구는 의사이기도 하고 여러 면에서 이상적이었어. 하지만 진료를 그만둘 수는 없잖아. 그게 또 다른 고려 사항이었어. 대부분 직장이 있다는 점.

너도 물론 그렇지. 그러고는 곧 덧붙였다. 하지만 지금은 여름이라 수업이 없잖아.

뭔가 말을 해야 할 것 같아 난 이런 공개적인 장소가 아니면 좋았겠다고 말한다.

아, 일부러 그런 거야. 친구가 말한다. 그렇지 않으면, 뭐랄까, 너무 감정적이 될 수도 있겠다고 생각했거든. 게다가 너랑 나랑 바로 이 술집에서 바로 이 주제로 토론했던 그때를 생각하니 어쩔 수가 없었어.

친구가 무슨 말을 하는 건지 알 수가 없다.

윤리학 개론. 기억 안 나? 교수님이 학생들을 두 명씩 짝을 지은 뒤 주어진 윤리적 주제에 대해 논쟁을 하라고 했잖아. 우리 주제는 죽을 권리였고. 생명의 신성함 대 삶의 질. 맥주를 마시며 함께 그걸 준비했잖아. 기억나? 넌 인간은 단지 말기 환자만이 아니라 어떤 상황에서건 자신의 목숨을 끊을 권리가 있다고 주장했지. 개인이 결정할 문제이지, 누가 왈가왈부할 게 아니고, 국가가 간섭할 일은 더더욱 아니라고. 그래서 그때 난 좀 불안했던 걸로 기억해. 당시 너는 우울증에 빠져 있었고, 또 아주 충동적인 일을 벌일 수도 있었으니까. 그래서 자살을 그렇게 열정적으로 옹호하는 걸 들으니 겁이 덜컥 났지.

난 너무 기가 막혀서 자리에서 벌떡 일어날 뻔했다. 이런 상황을 처음 당해서는 아니다. 누군가 아주 생생하게 기억한다며 과거의 어떤 일을 이야기하는데 사실 완전히 머릿속에서 지어낸 이야기인 경우. 내 친구가 거짓말을 한다는 뜻이 아니다. 그러기는커녕 사실이라고 전적으로 믿고 한 말임을 안다. 내가 알기로 사실은 이러하다. 트라우마 상황에 대한 특정한 사고방식을 좀 더 일관되게 만들어줄 어떤 기억을 상상력이 제공한 것이다. 우리 두 사람이 죽을 권리를 두고 토론했을 가능성은 충분히 있다. 그리고 친구가 말한 식의 입장을 내가 취했을 가능성은 더욱 크다. 어쩌면 그때 나는 친구가 기억하듯이 실제로 만성 우울증에 시달리는 충동적인 젊은 여자였는지도 모른다. 하지만 우리가 이 술집이든 어느 다른 장소에서든 수업 과제를 함께 준비했던 적은 한 번도 없었다. 난 윤리학 개론을 들은 적도 없다.

하지만 굳이 말하지는 않는다. 사실 어떤 것에 대해 어떤 말도 하지 않는다. 속이 좋지 않다. 두 잔을 연달아 들이켰으니. 하지만 주위가 빙빙 도는 건 단지 술 때문만은 아니다.

무슨 생각 하는지 알아. 친구가 말한다. 우리가 이런 대화를 나누고 있다니 말도 안 돼! 그런 생각을 하겠지. 내 부탁이 절대 쉬운 부탁이 아니라는 것도 알아. 엄청난 책임이 따르니까. 지금 답을 주지 않아도 돼. 물론 할 수 있으면 해주고.

난 고개를 젓는다. 그렇게 주저하는 내 모습을 보며 친구가 말한다. 야, 왜 이래. 네 모험심은 다 어디 간 거야?

난 그저 다시 고개를 저을 뿐이다.

좋아, 그럼. 친구가 말한다. 내일 집으로 돌아갈 거야. 도착하면 전화할게.

밖으로 나섰을 때 난 걸음을 멈추고 화장실에 가야겠다고 말한다.

토할 것 같아? 친구가 묻는다.

아마도. 내가 어깨 너머로 말한다.

머리카락 잡아줄까?

두 곳으로 좁혀졌어. 친구가 말했다. 하나는 대서양 남부 연안의 섬에 있는 여름 별장이었다. 사촌의 별장인데, 늦여름까지는 쓸 계획이 없다고 했다. 그 사촌과는 잘 아는 사이가 전혀 아니었지만, 자신이 암에 걸렸다는 소식을 듣고는 친절하게도 원하면 그곳에서 쉬라고 했다고 한다. 수년 전에 결혼식을 보러

한 번 그곳에 간 적이 있고, 별장과 해변이 정말 아름다웠다고 기억했다. 하지만 이렇게 이른 여름이라도 그 섬은 분명 휴가 온 사람들로 가득할 테고, 가기도 힘들어. 친구가 말했다. 게다가 내 마지막 여생을 공화당 주에서 보내고 싶지는 않아.

그래서 친구는 또 다른 장소인 뉴잉글랜드에 있는 은퇴한 부부의 집으로 마음이 기울고 있다고 했다. 전직 대학 교수였던 부부는 이제 대부분의 시간을 여행으로 보내며, 여행 경비 일부를 대기 위해 가능할 때마다 에어비앤비를 통해 단기 투숙객을 받고 있다고 했다.

한 달 동안 빌릴 수 있어. 친구가 전화로 말했다. 그렇게 시간이 많이 필요할 것 같진 않지만.

이런 유의 대화에 과연 익숙해지기는 할까? 우편물을 어떻게 해야 할지 ─ 그냥 쌓이도록 놔둬야 할지 가는 곳으로 보내달라고 해야 할지 우체국에 보관해달라고 해야 할지 ─ 결정을 못 내리는 와중에도 기간을 어느 정도 잡아야 할지 묻는 건 생각할수도 없었다.

날짜를 정한 건 아니야. 친구가 말했다. 말했다시피 마음의 준비는 다 되었지만. 끝내고 싶어 안달이 난 정도라고도 할 수있어. 죽는 일에 대해 이미 너무 많은 생각을 해왔기 때문이기도 하지만, 내가 참아낼 수 있는 한계에 도달했기 때문이기도 해. 하지만 내 몸이 어떻게 할지는 나도 모르지.

방사선 치료를 그만둔 이후 상태가 훨씬 나아지기는 했지만, 매일 다른 증상이 생길 수 있고, 증상 억제를 위해 지금 복용하고 있는 약에 부작용이 있기도 해.

어쨌든, 일이 자연스럽게 이루어졌으면 해. 친구가 말했다. 내 느낌으로는 때가 되면 알겠지 싶어.

하지만 너는―너는 알 수 없겠지. 내가 무슨 중대 발표라도 할 건 분명 아니니까.

주님이 오시듯이. 친구가 농담조로 말했다. 그러나 그 날과 그 때는 아무도 모른다.

우리 계획을 누구에게도 알리지 않기로 했어. 이렇게까지 했는데 누가 멍청하게 끼어든다든지 약간의 차질이라도 생기는 일은 감수하고 싶지 않아. 평화로움을 원해.

우리가 머무는 곳은 아무도 알지 못할 거야.

그리고 너 자신을 위해서 넌 모르쇠로 나가야 할 거야. 내 계획에 대해 전혀 들은 적이 없고 내가 약을 가지고 있었다는 사실도 몰랐다고.

사실 난 이미 어떤 사람에게 모조리 말한 후였지만, 그런 말은 하지 않았다.

식민지 시대풍인 그 집의 사진을 보니까 내가 어린 시절을 보낸 집이 떠올랐어. 둘 다 1880년대에 지어졌지. 친구가 말했다. 이 집이 더 작긴 해. 어린 시절을 보낸 집을 팔아야 했을 때 얼마나 가슴이 아프던지. 부모님이 돌아가시자 나도 그렇고 딸도 그렇고 그렇게 커다란 주택에서 계속 살 수는 없겠다 싶었고, 안타깝게도 그즈음 그 지역에 과도하게 개발된 교외단지가 들어서던 참이었거든. 은퇴한 부부의 집에서 또 마음에 드는 건, 노후 생활에 맞춰 리모델링을 했다는 점이야. 커다란 침실이 일층에 있고, 침실에 딸린 화장실에는 안전 손잡이와 목욕의자가 갖춰져 있어. 지금도 기운이 없고, 어떤 날엔 걸어 다니기도 힘들다는 점을 생각하면 잘됐지. 또 이 층에 있는 원래 안방은 집의 반대편 끝에 있거든. 각자 사생활을 누릴 수 있지. (그 모든 사생활을 다 어디에 써야 할까, 나로서는 너무 심각하고 버거운 질문이었다.)

이웃의 집들도 충분히 떨어져 있고, 주택 한쪽은 자연보호구역에 접해 있어.

그 동네를 잘 알지는 못하지만 한 번 지나간 적은 있어. 뉴잉글랜드의 해안가 마을은 늘 좋아했거든. 괜찮은 식당도 좀 있을 테니 그것도 마음에 들어. 이제 음식을 즐길 수 있게 됐거든.

사실 딱히 더 생각할 필요도 없어. 완벽해 보였으니까.

얼마나 들뜬 말투였는지—누가 들으면 휴가 계획이라도 짠다고 여겼을 것이다.

사진을 보내주겠다고 하더니, 전화를 끊자 바로 사진이 도착했다. 외부와 내부를 찍은 대여섯 장의 사진이었다. 마당 사진 하나는 붉고 노란 단풍이 절정에 이른 정경이고 다른 하나는 순백의 눈으로 덮인 사진이었다. 난 얼이 빠진 듯 사진을 들여 다보았다. 어떤 동네의 어떤 집에 있든 내겐 별로 중요하지 않았다. 그것이 친구에겐 얼마나 중요한지, 그 사실이 거의 견디기 힘든 통증처럼 찾아들었다.

집에서 해야 할 일이 몇 가지 더 있어. 친구가 말했다. 비워야 하는 서랍이 몇 개 더 남았고, 서류 정리도 좀 해야 하고, 마지막으로 봐야 할 사람들도 있고.

바에서 만나고 일주일이 지난 뒤였다.

짐 싸기 시작해. 친구가 문자를 보냈다.

내가 기계적으로 여행가방에 옷을 넣고 있는데 다시 문자가 왔다. 고마워.

내가 그러겠다고 했을 때, 죽는 데 도움이 될 무엇이든 하겠다고 했을 때, 안도감에 벅찬 친구는 흐느끼기 시작했다.

곧바로 다시 문자가 왔다. 가능한 한 재미있게 해주겠다고 약속할게.

2부

죽음은 예술가가 아니다.

— 쥘 르나르

1

집은 광고와 똑같았다. 우아하고 깨끗하고 깔끔하게 정돈되어 있었다. 환영의 표시로 침실에 꽃을 꽂아놓고 주방에는 커피와 차, 주스, 요거트, 빵, 그리고 다른 기본 물품들을 갖춰놓았다. 여분의 베개와 이불, 벽난로 장작까지, 호스트들은 생각해낼 수 있는 모든 걸 챙겨놓았다. (에어비앤비에서 슈퍼호스트였다.) 그들이 유럽으로 떠나기 전에 찾아오는 길과 현관 비밀번호를 알려주었다.

들어서자마자 알아챘듯이 사진은 하나도 없었지만—다른 개인 물품이나 문서 들과 함께 창고에 넣어두었으리라 짐작했다—거실에 걸린 어떤 여자의 초상화가 분위기를 압도하고 있었다. 우리는 주인의 젊은 시절 초상화가 틀림없다고 봤다. 존

싱어 사전트의 〈마담 X의 초상〉을 연상시키는 실물 크기의 유화였다. 사실 그림은 사전트의 모방이었는지도 몰랐다. 흰 백조 같은, 목은 말도 안 되게 길고, 타조 알―여러 새의 은유를 들자면―같은 가슴의 윗부분이 훤히 드러나는 간결한 검은색 데콜테 드레스를 입은 여성. 한 손은 의자 등받이에 올리고 다른 한 손으로는 백합을 들고 있다. 에로틱함과 근엄함의 수줍은 뒤섞임.

만약 정말 주인의 초상화라면 저걸 어떻게 견딜 수 있을지 모르겠는걸. 친구가 말했다. 남편은 또 어떻게 견딜까. 그러니까, 예전에 얼마나 젊고 섹시했는지를 이렇게 확연하게 보여주는 그림을 매일 보면서 살다니.

난 어깨를 으쓱했다. 뭐가 됐든 매일 보면 어떤지 알잖아. 내가 말했다. 이젠 거의 의식하지도 못할걸.

맞아. 하지만 처음 보는 사람들은 다들 오, 당신이에요? 이렇게 물을 게 뻔해. 예쁘게 잘 나온 옛날 사진을 보면 사람들이 늘 그러잖아. 이게 당신이에요? 그럼 나도 모르게 눈살이 찌푸려지지. 이젠 전혀 그런 모습이 아니라는, 아예 다른 사람처럼 보인다는 뜻이니까. 치욕적이야. 그럴 이유가 없는데 정말 치욕적이야.

치욕적이지. 내가 맞장구쳤다. 그렇지만 오래된 결혼사진을 걸어놓는 사람도 많잖아.

글쎄, 신부인 자기 사진을 걸어놓는 건 그렇다 쳐도 이건……

어쨌든 흉물스러워. 친구가 말했다. 거실 전체가 좀 이상해
보여.

천으로 덮어놓을 수는 있겠지.

친구가 웃었다. 맙소사, 그건 안 되지. 더 심란할걸.

집 안 곳곳에 다른 그림도 있었다. 대부분 풍경화였다. 식당
에는 1930년에 찍었다는 이 집의 커다란 흑백사진이 액자에 걸
려 있었다.

흉물스러운 그것만 빼면 집이 친구의 기대에 어긋나지 않아
난 안심이 되었다.

생각보다 더 어린 시절이 떠오르네. 친구가 말했다. 우리 부
모님도 이런 식으로 집을 꾸밀 수도 있었겠지. 우리 부모님이야
전혀 모르는 사람들에게 집 열쇠를 넘겨주는 일은 꿈에도 하지
않으셨겠지만. 사람들이 얼마나 변했는지.

나도 집이 마음에 들었다. 딱 알맞게 윤을 낸 공간에 좋은 가
구를 잘 배치했다. 멋진 도자기만 몇 점 있을 뿐 다른 장식품은
거의 없었다. '셰이커 교도식 우아함'이라고도 일컫는, 안락함과
간결함의 조화.

오후 서너 시경이었다. 몇 차례 억수같이 쏟아진 빗속을 뚫고

차를 몰고 오느라 시간이 지체됐지만, 집이 시야에 들어올 무렵 햇살이 나타나 기분이 들떴다. 내가 아침에 준비한 아보카도 토마토 샌드위치를 오면서 먹었다. 이제 커피가 절실했다. 커피를 한 주전자 내려 컵에 들고 각자 방으로 갔다. 짐을 푼 뒤 동네를 빨리 한 바퀴 둘러보고 이른 저녁을 먹기로 했다. 친구가 어떤 음식 관련 사이트에서 극찬받는 해산물 식당을 검색해뒀다고 했다. 하지만 나로서는 그게 다 나를 위해서라는 느낌을 받지 않을 수 없었다. 음식 맛을 느끼고 음식물을 넘기는 능력이 여러 가지 방사선 치료를 받을 때보다야 훨씬 나아졌다고 하지만, 그렇다고 친구의 식욕은 전혀 좋은 편이 아니었다. 아보카도 토마토 샌드위치를 다 먹는 데 한 시간 가까이 걸렸다는 사실을 난 애써 모른 척했다.

난 온 감각이 기이하게 무뎌진 채로 술 취한 사람처럼 휘청거리며 지난 한 주를 보냈지만 이제는 모든 것을 그 어느 때보다 예리하게 인식할 수 있었다. 침실 창문으로 쏟아져 들어오는 뜨거운 햇볕, 커피의 맛과 향기, 침대 위 하늘색 이불에 구름처럼 놓인 베개들, 옅은 나무색 마룻바닥의 결과 그 위에 깔린 옵아트 작품처럼 어질어질한 화려한 색의 킬림 러그. 옷장과 서랍장에서는 라벤더 향이 났다. (아래층에서는 다른 향이 느껴졌다. 시트러스 칵테일처럼 새콤하고 톡 쏘는 과일 향이었다.)

다른 상황이었다면 일하기 딱 좋은 곳이었을 것이다. 하지만 내가 과연 뉴스를 검색해볼 정신이나 있을지 의심스러웠다. 상상컨대 그 대신 영화를 줄줄이 보거나, 최근 몇 년간 볼 시간이 없었고 절대 앞으로도 볼 수 없으리라고 생각했던 온갖 굉장한 TV 시리즈를 몰아서 볼 게 뻔했다. 또한 요리든 청소든 필요한 잔일이든 당연히 다 내가 해야 했는데, 나로서는 천만다행이었다. 오히려 바쁘게 해야 할 일이 충분치 않을까 봐 걱정이었다.

너무 기대하지 않는 게 좋다. 나 스스로 그렇게 다짐했다. 친구는 자신의 결정을 전적으로 확신하지만―지금까지는 한 번도 흔들리는 모습을 보인 적이 없었다―나는 내심 일이 그렇게 계획대로 되지 않을 거라는 의심을 하고 있었다. 지금 우리가 여기에 있다고 해서 친구가 반드시 약을 먹으리라는 보장은 없었다. 결국 친구는 생각하려고 여기에 온 것이고 생각을 하다 보면 마음이 바뀔 수 있었다. 약 먹는 일을 한참 뒤로 미루겠다고 결정할 수도 있고. (스스로 목숨을 끊을 약을 수중에 지닌 말기 환자들 대부분이 결국 그 약을 먹지 않는다는 사실을 어쩌다 알게 됐다.) 어쨌든 나로서는 내가 혼자 떠나는 모습보다 한두 주 뒤에 우리가 함께 이 집을 떠나는 쪽을 상상하는 편이 더 쉬웠다.

친구를 돕겠다고 했지만 우리가 여기에 있는 이유를 내가 여전히 전적으로 받아들이지 못하고 있음을—사실 강력히 저항하고 있다—나 스스로 충분히 의식했고, 의식했기에 곤혹스러웠다. 내가 여기 있는 이유를.

친구의 마지막을 함께하겠다고 결정한 이후에도 덜컥 겁이 나서 엄청난 실수였다고 혼잣말을 한 적이 여러 번이었다. 있을 수 없는 일이야. 정말이지 난 못 하겠어. 그러나 발을 빼는 일도 마찬가지로 있을 수 없다는 생각이 들었다. 적어도 나의 이 꺼림칙함을 친구에게 알려야 한다고 생각했고, 친구는 내 말을 듣고는 어쨌거나 자신은 할 일을 할 거라고 대답했다.

나 혼자 하기를 바라는 거야? 아는 사람들 목록을 다 훑고 내려갈 시간도 없고 힘도 없거든. 난 평온함을 원해.

평온함을 원한다는 말을 이제 그는 자주 입에 올렸다.

모험심은 다 어디 간 거야? 그런 말로 나를 설득할 수 있다는 듯이! 사실 친구를 돕기로 한 진짜 이유는 나라도 그 입장이라면 지금 그가 하려는 바로 그 일을 하고 싶을 거라고 생각했기 때문이었다. 그러면 나를 도와줄 사람이 필요했을 테고. (그 후 며칠 동안 이것이 모두 일종의 리허설이라는, 친구가 내게 그 방법을 보여주는 거라는 느낌을 떨칠 수 없는 순간이 여러 번 찾아왔다.)

짐을 풀다가 일기를 써야겠다는 생각이 떠올랐다. 친구의 유일한 가족인 딸이 이 일에 관여하지 못하고 있고, 심지어 전혀 모르고 있다는 사실이 여전히 나로선 단단히 잘못된 일로 느껴졌다. 이에 대한 친구의 생각을 이해했고, 어쩌면 친구가 옳다고도 여겼지만, 나로선 슬펐고 마치 배반이라도 하는 양 죄책감이 들었다. 그렇다고 친구 몰래 딸과 연락이라도 취할 요량은 아니지만 적어도 나중에 건네줄 기록은 남기고 싶었다. 때가 되면 친구와 가까웠던 지인들은 죽음에 임박한 그가 어떠했는지, 어떤 말을 하고 어떤 생각을 하고 어떤 느낌을 가졌는지 알고 싶을 거라고 생각했다. 그렇다면 가능한 한 상세하고 정확해야 했고, 기억에만 의존할 수는 없었다. 그리고 매일 앉아 글을 쓰면 내게 도움이 될 거라는 생각도 있었다. 이만큼 독특한 경우는 아니라 해도, 예전에도 아주 힘든 경험을 비롯하여 이런저런 경험을 기록하면 중심을 잡는 데 도움이 되곤 했었다.

모험? 모험이라면, 우리는 서로 다른 두 모험에 나선 것이었다. 친구의 모험은 나의 모험과 완전히 달랐고, 앞으로 아무리 함께 생활을 한다 해도 우리는 다분히 혼자일 터였다.

이 세상에 태어날 때는 적어도 둘이 있지만, 떠날 때는 오로지 혼자라고 누군가 말한 적이 있다. 죽음은 누구에게나 찾아오지만, 그럼에도 그것은 모든 인간 경험을 통틀어 가장 고독한 경험으로, 우리를 결속하기보다는 떼어놓는다.

타자화되다. 죽어가는 사람보다 더 그런 사람이 누가 있을까?

목록을 만들어야 한다고 난 생각했다. 이 일이 시작된 뒤 나는 수많은 목록을 만들고 있었다. 한없이 이어지는 할 일 목록들. 정신이 파탄 나기 직전의 사람들이 잘 하는 짓이라고 스콧 피츠제럴드는 언젠가 말했지. 내 방식은 목록을 만든 후 무시하는 것이었다. 목록을 만들고 나면 다시 쳐다보지도 않았고, 앉아서 새로운 목록을 만들었다.

그런데 먹을 것은—먹을 것이 필요하지 않나? 당연히 필요하지. 내일은 장을 보러 가야겠다. 그러려면 살 것들을 적어야지.

짐을 다 풀고, 햇빛 한 조각이 내려앉은 책상에 앉아 장 볼 것들을 적으면서 난 이런 대처법을 생각해내서 기뻤고 이 정도면 제법 차분하다고 결론을 내렸다. 방 한쪽에 아름다운 앤티크 전신 거울이 서 있었다. 잘 겪어낼 거야. 그런 확신이 들었고—이운 좋게 머리에 떠오른 말장난*에 미소가 떠올랐다—나는 아래층으로 내려갔다.

그리고 식탁에 엎어져 울고 있는 친구의 모습에 내 차분함은

---

* 'get through it'이 '어려움을 겪어낸다'는 뜻이지만 글자 그대로 해석하면 '관통한다'라는 뜻이고, 방 안의 거울과 연결되어 거울을 통과해서 다른 세계로 넘어간 『거울 나라의 앨리스(Through the looking-glass)』가 연상된 것이다.

산산조각 났다.

처음 떠오른 생각은 친구가 마음을 바꿨다는 것이었다. 막상 와보니 결국 이런 곳에 있고 싶지 않다는 걸 깨달은 거지. 이미 말했듯이, 그런 가능성엔 대비되어 있었다.

내가 어떻게 이런 짓을 했는지 믿을 수가 없어. 친구가 울부짖었다.

공포로 온몸이 타오르는 듯했다. 정신이 나가서 바로 지금 충동적으로 약을 먹어버렸나? 그랬을 리가 없어. 안 그랬을 거야.

잊었어!

뭘?

뭐긴 뭐야, 약이지. 달리 뭐가 있겠어. 침실에, 서랍 안쪽에 숨겨놨는데, 짐을 싸면서 꺼내는 걸 잊었어.

난 마음이 놓여 거의 몸이 휘청했다.

다시 가야 해. 친구가 말했다.

물론이지! 내일 아침 일어나자마자 가자.

내일 말고. 지금.

진심이라고 믿을 수가 없었다.

혹시 잃어버리거나 잘못 둔 게 아닌지 확인해야 해. 친구가 목소리를 높였다. 어디 있는지 알아야겠어. 누가 훔쳐갔거나 없어진 게 아니라는 걸 말이야. 혹시 쥐도 새도 모르게 사라진 건 아닌지. 약이 사실 내가 꿈속에서 지어낸 게 아닌지.

친구는 머리카락을 움켜쥐고 있었다. 미친 여자처럼 정말 머리를 쥐어뜯는 게 아닐까 겁이 났다.

가야 해. 지금 당장.

나중에, 친구가 침실의 새로운 장소에 약을 잘 숨겨둔 뒤, 그리고 전날에 이어 다시 세련된 해산물 식당에서 함께 저녁을 먹고 난 뒤, 난 약을 두고 왔다는 건 사실 스스로 그 계획에 대해 갈등하고 있음을 의미할 수도 있다고 넌지시 말했다. 다른 약은 다 제대로 챙겨왔잖아. 약이 그렇게 많은데도!

지랄하네. 갈등 같은 거 없어. 그리고 절대 그런 말 하지 말라고 내가 얘기했지.

네가 그런 얘기 한 기억 없는데.

뭐, 정확히 그렇게 얘기하지는 않았는지 모르지. 어쨌든 네 생각은 틀렸어. 내가 왜 약을 잊었는지 난 정확히 알아. 케모브레인이야.

케모브레인*이 뭔지는 나도 알았지만, 아무 말도 하지 않았기에 친구가 설명을 이어갔다.

기억력 쇠퇴, 주의력 저하, 멍해지기, 정보 처리상의 문제. 치

---

* 항암 치료로 기억력이나 집중력 등 뇌의 인지 기능이 장기적으로 영향을 받는 것.

료가 끝난 후에도 생길 수 있어. 치료가 끝난 후에 오히려 더 심해질 수 있지. 인지 기능 장애. 수년 동안 지속될 수 있고 어떤 경우에는 평생 갈 수도 있어. 그런 사례는 수도 없이 많아.

한번은 소포를 부치면서 받는 사람 주소에 내 주소를 쓴 적이 있어. 신발을 사러 갔을 때도, 분명 신어보기까지 했는데 나중에 보니 맞지 않는 신발이었어. 바지를 살 때도 똑같은 일이 있었지. 열쇠, 지갑, 휴대전화 같은 물건을 어디 뒀는지 모르는 건 다반사고.

글을 쓴 뒤엔 수없이 다시 읽어봐야 한다고 말했다. 그러면 앞서 보지 못했던 실수가 적어도 하나는 나온다고 했다. 이제 어떤 문제도 내 판단을 신뢰하지 못하겠어. 운전사에게 20퍼센트, 하고 생각을 해. 그러다가 당황해서는 20달러라고 겨우 말하는 거야.

그렇다면 우리를 여기까지 오게 한 그 중요한 결심은 어떻게 신뢰할 수 있느냐고 묻고 싶었다. 그 역시 케모브레인의 영향이 아니라는 걸 어떻게 확신하느냐고.

2

놀라운 우연의 일치들.

시간을 확인하려고 책상 위 책에 놓아둔 휴대전화를 톡 친다. 그 책은 벤 러너의 『10:04』라는 소설인데 시간을 보니 10:04 이다.

어깨에 고양이를 얹은 채로 새로 나온 영화 소식을 읽는다. '뱀파이어'라는 단어에 시선이 닿는 순간, 한 번도 나를 문 적이 없는 고양이가 내 목을 문다.

콜럼버스 기념일에 확인해본 내 은행 잔고가 정확히 1,492달러이다.

두 남자가 격렬한 언쟁을 벌였다는 소식이 뉴스에 나온다. 백인과 흑인. 백인의 성은 블랙이고 흑인의 성은 화이트이다.

그리고 여기, 이 집 거실의 책장에 이 책이 있다. 1970년대 뉴욕의 지저분하고 누아르적인 세계를 배경으로 하는, 하이스미스와 심농의 전통을 잇는 심리 스릴러.

딱히 놀라울 건 없다. 이 책을 가진 사람은 많으니까. 정말 놀라운 것은 내가 마지막으로 읽다 말았던 바로 그 페이지—새로운 장이 시작되는 부분—의 모서리가 접혀 있다는 것이다.

살인자는 술고래다. 유행에 밝은 그의 새 친구들은 대마초를 피우면 알코올의존증이 고쳐진다는 통념을 믿지만 그는 마약은 경계한다. 어느 날 친구들은 그에게 말하지 않은 채 대마초가 들어 있는 브라우니를 먹인다. 이후 그는 게걸스럽게 대마초를 피우지만 그렇다고 술을 끊은 것도 아니어서 결국 둘 다에 중독이 된다. 그의 행동에 갈수록 불안감을 느끼는 배우는 그와 친해진 것을 후회하기 시작한다. 그가 자신의 절친한 친구를 유혹하고, 그에게 완전히 빠진 친구를 학대만 일삼다가 차버렸다는 사실을 알게 된 후 더욱 그러하다. 하지만 살인자는 자신의 중독으로 인해 망한다. 편집증이 심해지고 자제력을 잃어가면서 변덕스러운 행동이 이어지고, 이는 공원에서 목 졸려 살해됐던 여성이 그가 아는 사람이 아니었나 하는 막연한 의심을 불러온다. 살인자에게 강간을 당한 후 배우는 자신의 의심을 경찰에 알린다. 나중에 배우는 살인자에게 덫을 놓기 위해 자신의 모든 연기력을 동원해서 그를 구슬려 스스로 자백하게 만든다. 그의 자백은 경찰이 배우의 아파트에 설치한 장비에 녹음된다. 배우 자신도 거의 살해될 뻔한 위기에서 겨우 빠져나온다.

재판이 진행되는 동안 살인자는 자신의 범죄가 대중으로부터 대단히 관심을 끌고 있음을 알게 되고, 자신의 범죄를 주제로 누군가 책을 쓸 수도 있겠다고 상상한다. 그 책이 베스트셀러가 되고 나아가 영화로도 만들어지는 것을. 그 영화에서 자신의 역할을 맡는 배우는 연기도 잘해야 하지만 춤도 잘 춰야 한다는 생각이 떠오른다. 당연히 존 트래볼타가 해야지. 그의 마지막은, 무기징역을 선고받고 교도소에 갇힌 그가 존 트래볼타가 연기하는 자신이 영화관 스크린에 나오는 것을 상상하는 장면이다.

그 후로도 소설은 50쪽은 더 이어지지만 살인자의 운명까지 결정이 된 마당에 마저 읽게 될지 모르겠다. 뭔가 반전이 있겠지만 난 미스터리물의 반전을 별로 좋아하지 않는다.

쇼핑몰에 서점이 있었다. 한번 둘러보려고 그곳에 들렀을 때 내 친구가 나보다 먼저 그것을 봤다. 이거 봐, 이 동네에 누가 오게?

정확히 말하면 이웃 동네, 주립대학교가 있는 곳이었다. '어디까지 나빠질 수 있는가.' 전 지구적 위기를 다루는 컨퍼런스였다.

그날부터 일주일간 열린다고 포스터에 적혀 있었다.

놀라운 우연의 일치들.

갈 생각 없어? 친구가 물었다.

그 강연을 이미 들은 건 너도 알지 않느냐고 했다. 강연의 기반이 되는 글을 읽은 건 물론이고.

맞다. 친구가 말했다. 잊었네.

너 기분 나쁘라고 하는 말은 아닌데 난 저 사람 예전부터 늘 밥맛이었어. 친구가 덧붙였다.

공격적이고, 오만하고, 자기 잘난 맛에 사는 남성 언론인. 친구는 그를 그렇게 부르며 그 유형에 속하는 다른 이름도 줄줄이 댔다.

그렇지만 내가 의지한 사람이 바로 그였다. 모든 것을 다 털어놓은 상대가 그 사람이었다. 이 시련이 다 끝난 후에 내가 찾을 사람이었다. 하지만 친구에게 이런 말은 하지 않았다.

내가 아는 사람 가운데 아마 책을 가장 많이 읽는 사람일 친구는 요즘 책 읽기에 어려움을 겪고 있다. 암 진단을 받은 이후 내내 그래. 친구가 말했다. 평생 여러 권의 책을 동시에 읽었고 늘 열심히 새로운 책을 찾았는데 이런 적은 처음이야.

이미 읽은 책, 나에게 가장 의미 있었던 책을 다시 읽어보려고도 해봤어.

하지만 이제 예전의 마력은 없어. 가장 좋아한 작가들, 가장 좋아한 책들, 그런 것들도 이젠 예전같이 감흥을 주질 않아. 진중하게 읽지를 못하겠어. 형편없는 책들을 읽을 때와 별반 다를 바가 없어. 이런 얘기를 나한테 왜 하는 건데? 계속 이런 생각만 들어.

난 자신의 은사를 찾아갔던 일을 한 문학 잡지 블로그에 올린 어떤 작가 이야기를 친구에게 해준다. 학생 시절 현대 문학을 향한 은사의 열정에 감명받아 작가의 길에 들어선 사람이었다. 이제 휠체어에 앉아 생활하는 은사는 남는 게 시간이라 포크너, 헤밍웨이, 스콧 피츠제럴드 같은 현대 거장의 작품을 다시 읽고 있다고 했다. 그 작가들은 여전한가요? 작가가 이렇게 묻자 나이 많은 은사는 그렇지 않다고 했다. 완전히 무의미한 공연 같아. 은사는 일축했다. 그만한 가치가 전혀 없어.

독서만이 아니야. 친구가 말했다. 이젠 어디에 주의를 기울여야 할지 판단하기가 힘들어. 예를 들어 음악 취향도 이상해졌어. 여러 종류의 음악을 즐겨 들었는데, 이젠 좀 짜증이 나. 누가 상상이나 했겠어?

팝송은 대개 따분할 만큼 천편일률적이야. 예전엔 별로 거슬리지 않았던 가사도 얼마나 공허한지 (이 법칙엔 도대체 왜 예외라고는 없어? 친구가 물었다) 듣기만 해도 우울해져.

게다가 최근에는 클래식을 들어도 울적해져. 너무 과해. 너무 진지하거나 너무 감동적이거나. 너무, 참을 수 없을 정도로 너무 슬프거나.

이 말에 난 깜짝 놀랐다. 최근에 나 역시 클래식을 들으면 마찬가지로 마음이 심란해졌다. 예전에 그렇게 좋아했고 축복이자 위안으로 여기던 음악을 더 이상 들을 수가 없는데, 어째서 그렇게 된 건지 전혀 이해할 수는 없었지만 정말 가슴 아팠다.

집주인들은 옛날 영화의 광팬이었다. 소장하고 있는 엄청난 양의 DVD 가운데 〈내일에게 길을 내주다〉*가 있었는데, 우리 둘 다 보지 않은 영화였다. 오즈 야스지로 감독의 명작 〈도쿄 이야기〉가 그 영화에서 영감을 받았다는 사실이 떠오르자 당장 보고 싶었다.

대공황. 집과 저축해놓은 돈까지 다 날린 노부부가 어쩔 수 없이 자식들에게 기댈 수밖에 없게 된다. 그들은 짐이 되고 싶지 않았다. 사실 평생 열심히 일해온 남편은 생활비를 벌기 위해 갖은 노력을 다하지만 그 나이에 일을 구하기란 불가능했다. 궁핍하고 연로한 부모를 맡는 일은 자식들에게는 아무래도 부

---

* 리오 매케리 감독의 1937년 영화.

담이 되고 자식들은 싫은 내색을 감추지도 않는다. 오십 년 이상 행복한 부부 생활을 해온 '마'와 '파'는 서로 떨어져 사는 건 생각만으로도 참을 수가 없는데 자식들에게는 그것만이 유일하게 타당하고 현실적인 방안이다. 마가 들어가 사는 아들 내외의 집에서 멀리 떨어진 딸의 집으로 파가 옮겨 가게 되자, 처음에는 임시방편처럼 보였던 별거 생활이 영원히 고착될 것으로 보인다. 자식들은 헤어지기 전 부모와 함께 하는 식사 자리를 마련하지만 자식들의 배신으로 비탄에 빠진 노부부는 남편이 캘리포니아로 떠나기 전 그들에게 주어진 마지막 날을 함께 나누기 위해 저녁 식사 자리에 가지 않고 둘이서 밖으로 나간다. 두 사람은 신혼여행을 왔던 호텔에서 식사를 한다. 남편이 기차를 타야 할 시간이 가까워온다. 기차역에서 두 사람은 이것이 마지막이 아니라는 듯이 (파가 서부에서 일자리를 잡은 뒤 마를 부를 거라고, 두 사람은 곧 다시 만나 절대 헤어지지 않을 거라고) 담대하게 행동하지만, 이 이야기가 어떻게 끝날지는 (그들에게나 우리에게나) 너무 명백하다.

세상에서 가장 슬픈 영화. 오손 웰스는 그렇게 말했다.

우리는 소파에 나란히 앉아, 물에 빠져 상대를 구하려 무력하게 애쓰는 사람들처럼 서로를 부여잡고 목이 메어가며 영화를 봤다.

괜히 봤다고 후회했다는 말은 아니다. 아무리 슬픈 영화라도 아름답게 만들어진 이야기는 사람을 고양시키니까.

집주인들은 버스터 키턴*을 무척 좋아했다. 우리는 버스터 키턴이 쏟아져 내리는 바위를 피하며 언덕을 마구 달려 내려가고, 술에 취해 정신을 잃은 부인을 침대에 눕히려 애쓰고, 떼를 지어 쫓아오는 경찰을 피해 달아나고, 복싱 링의 줄에 엉키고, 술에 취해 정신을 잃은 부인을 침대에 눕히려 애쓰고, 훨씬 몸집 좋은 온갖 남자들에게 괴롭힘을 당하고, 커다란 누렁소를 사랑하고 또 사랑을 받고, 술에 취해 정신을 잃은 부인을 침대에 눕히려 애쓰는 것을 봤다. 버스터 키턴이 굴러 떨어지고, 굴러 떨어지고, 또 굴러 떨어지는 것을 봤다. 우리는 술에 취해 정신을 잃은 부인이 누워 있던 침대가 폭삭 꺼지는 것을 보았고, 웃고 또 웃으며, 물에 빠져 상대를 구하려 무력하게 애쓰는 사람들처럼 서로를 부여잡고 목이 메어가며 영화를 봤다.

내 친구는 오랫동안 요가를 해왔다. 한때는 부업으로 요가 강사로 일하기도 했다. 동네에는 다른 종류의 요가 수업을 하는 요가 교습소가 두 군데 있었지만 친구는 어느 곳에도 관심을

---

*20세기 전반에 활동한 미국의 배우, 코미디언.

보이지 않았다. 많은 사람들이 그렇듯이 친구도 주로 탄탄한 몸을 유지하기 위해 요가를 했다. 정신적 깨달음과는 전혀 관계없이. 뭐라고 주장들을 하건, 난 내가 아는 요가를 한다는 사람들—게다가 친구가 아는 사람 중 요가를 하는 사람은 엄청 많았다—누구에게서도, 어떤 정신적 성장도, 어떤 도덕성의 개선도 목격한 바가 전혀 없어. 친구가 말했다. 요가를 해서 더 나아진 인간이 됐다는 사람도 본 적이 없어. 더 나아진다는 것이 스스로에 대한 만족감이 커진다는 뜻이 아니라면 말이야. 오히려 사람들이 갈수록 자기중심적이 되어가던데, 심리 치료를 받고 있는 사람들에게서도 때때로 볼 수 있는 현상이지. 어쨌든 지금 내가 탄탄한 몸에 신경 쓸 필요는 없잖아. 암 진단을 받은 후 내가 즐기는 운동은 걷기뿐이야. 친구의 상태에 따라 우리는 동네나 자연보호구역을 산책했다. 어떤 날엔 아주 천천히 걸어야 했고 또 어떤 날엔 도중에 앉아서 쉬어야 할 때도 있었다. 대개 함께 산책을 했지만, 가끔 아침에 일어나보면 친구가 이미 혼자 산책을 나가 있기도 했다. 해도 뜨기 전, 새벽에 일어나는 일이 잦았다. 친구는 사실 잠을 잘 잤다고 하지만 밤새도록 잠을 이루지 못한 것 같은 인상을 받을 때도 많았다. 의식을 잃을까 봐 무서워하지 않고, 어둠도 무서워하지 않는 것은 죽음을 앞둔 사람들에게서 아주 흔히 볼 수 있다. 두려움이 없어서라고 친구는 생각했다. 떠날 준비가 되었으니까. 알고 보니 음악과는 달리 새소리는 여전히 즐거움을 주었다. 그것이 이른 시간에 자연보호구역으로 그를 이끄는 하나의 요소였다. 천국에선 새소리가 들릴 거야. 친구는 말했다. 천국이 정말 있다면.

나 역시 요가에는 별로 관심이 없었지만 난 가까운 피트니스 클럽을 찾았다. 서점이 있는 쇼핑몰에 있는 곳이었는데, 개인 트레이닝을 받으면 회원권을 구입하지 않고도 운동을 할 수 있다고 했다. 같은 시간에 오면 같은 트레이너와 운동을 할 수 있다고 했다. 난 혼자 하는 편이 훨씬 더 좋았다. 누군가 옆에 서서 지켜보면서 횟수를 세어주면 운동을 하면서 조용히 나만의 생각을 할 수가 없기 때문에 좋아하지 않았다. 게다가 내가 정기적으로 가는 피트니스 클럽에서 일하는 트레이너들은 따분해 보일 때가 많았다.

그 트레이너는 단단한 근육에 온통 문신을 했지만, 얼굴도 그렇고 목소리도 그렇고 소년 성가대원 같았다.

그가 나를 '아가씨'라고 부르는 바람에 시작부터 삐거덕거렸다. 내 이름을 알고 난 후에도 가끔 나를 아가씨라고 불렀다. 하지만 그에게서 느껴지는 성실함이 마음에 들었고 그는 따분해 보일 때가 전혀 없었다. 그리고 내게 무슨 질문을 해도 내가 얼버무리며 짧게 대답한다는 걸 알아차린 뒤로는 더 이상 말을 시키지 않아서, 우리는 잡담이라곤 하지 않고 삼십 분 수업을 했다.

버피 해본 적 있어요?

해봤죠.

삼십 초에 열 번 할 수 있겠어요?

할 수 있어요.

대단한데요. 근력이 상당히 좋아요, 아가씨.

하지만 무척 숨이 가빴다. 숨을 고르는 중에 친구가 했던 말이 떠올랐다. 몸이 건강하면 오히려 더 고통스러운 죽음을 맞이할까 봐 두렵다던. 당시 그 말은 창처럼 내 몸 깊이 박혔다. 희망은 없고, 죽음은 임박하고, 정신은 오로지 풀려나길 바라는데, 제 나름의 생각으로 살겠다고 필사적으로 분투하는 몸과 약해져가면서도 매 박동과 함께 안 돼, 안 돼, 안 돼라고 헐떡이는 심장.

너무 끔찍해. 너무 잔인해. 너무 부조리해.

무슨 일 있어요? 트레이너가 물었다.

난 고개를 저었지만, 다음 순간 바로 친구가 죽어가고 있다고 불쑥 내뱉었다.

정말 안됐네요. 트레이너가 말했다. 제가 해드릴 수 있는 일이라도? 누구나 항상 그렇듯 그도 반사적으로 그런 말을 했다.

아무도 듣고 싶지 않고 누구에게도 위로가 되지 않는 형식적인 말. 하지만 그의 탓이 아니다. 우리 언어가 거칠고, 속 비고, 말라비틀어져서, 감정 앞에서 언제나 어리석어 할 말을 찾지 못하는 것이니까. 고등학교 시절 어떤 선생님이 헨리 제임스가 슬픔에 잠긴 친구 그레이스 노턴에게 보낸 편지를 읽으라고 한 적이 있다. 출간된 이래로 공감과 이해를 보여주는 지고한 사례로 꼽히는 편지인데, 그조차 이런 말로 편지를 시작한다. "무슨 말을 해야 할지 잘 모르겠다."

잠깐 앉아요. 트레이너가 말했다. 그래서 우리는 바닥에 깔린 두꺼운 운동 매트에 함께 앉았다.

안아줄 수 있으면 좋겠지만, 이젠 고객의 몸에 손을 대지 못해요. 그가 말했다. 관장이 소송에 휘말리기라도 할까 봐 겁을 내요. 그냥 말로만 해서는 자세를 교정해주거나 바른 자세를 설명해주기가 어려워서 좀 문제가 있어요. 게다가 접촉이 정말 중요하기도 하고.

난 이제 수건에 얼굴을 묻고 있었다. 어깨가 들썩였다.

그러니까 그냥 상상만 하세요. 그가 말했다. 지금 제가 당신을 따뜻하게 꼭 안아주고 있다고 말이에요. 그의 목소리가 갈라졌다. 미안해요. 어릴 때부터 우는 사람을 보면 따라 울지 않을 수가 없거든요.

네가 아직 어려서 그래. 난 말로는 아니지만 그런 뜻을 전했다.

둘 다 마음이 가라앉자 그가 말했다. 운동을 하는 건 좋은 생각이에요. 스트레스에는 운동이 가장 좋은 약이라잖아요. 그리고 언제든 필요한 게 있으면 제게 말씀하세요.

하지만 그날 이후 난 다시 가지 않았다. 사실 다시 운동을 할 수 있게 된 것도 한참이나 지나서였다.

내가 피트니스 클럽을 나설 때 그가 말했다. 그런 일을 겪고 있다니 정말 힘드시겠어요. 자기관리를 절대 소홀히 하지 않겠다고 약속해요.

눈을 치켜뜨는 게 보일까 봐 난 눈을 감았다.

주차장에 도착했을 때 그가 내 이름을 부르는 날카로운 외침이 들렸다.

미안해요. 그가 내게로 뛰어와서 말했다. 이렇게 가시게 할 수가 없었어요. 그러더니 재빨리 주위를 둘러보고는 아무도 없는 것을 확인하자 나를 따뜻하게 꼭 안아주었다.

집으로 오면서 친구에게 이 이야기를 들려주는 내 모습을 상상했지만, 곧 그럴 수 없겠다고 깨달았다.

누가 한 말인지는 모르겠지만, 어쩌면 헨리 제임스일 수도, 아닐 수도 있는데, 세상에는 두 종류의 인간이 있다고 했다. 고통받는 사람을 보면서 내게도 저런 일이 일어날 수 있어, 생각하는 사람과 내게는 절대 저런 일이 일어나지 않을 거야, 생각하는 사람. 첫 번째 유형의 사람들 덕분에 우리는 견디며 살고, 두 번째 유형의 사람들은 삶을 지옥으로 만든다.

3

운동하러 간다. 내가 친구에게 말했다. 곧 올게.

사실은 전 애인을 만나고 있었다. 그가 컨퍼런스에서 발표를 한 다음 날 아침 바닷가 식당에서 함께 브런치를 먹자고 약속을 했었다.

발표는 잘 했느냐고 묻자 그는 어깨를 으쓱해 보였다.

"질문을 받지 않는 게 마음에 들지 않는 모양이야. 겁쟁이로 비칠 거라고 하는 사람도 있고. 예전에는 그런 말이 신경 쓰였던 때도 있었지."

"이젠 안 그래?"

"전혀."

"남들이 어떻게 생각하든 상관없다는 거군."

"당연히 상관 있지. 그런데 대부분 그렇겠지만 나도 남들이 날 어떻게 생각하나 신경 쓰느라 너무 많은 시간을 허비했어. 내 이미지. 내 평판. 그런 게 정말 그렇게 중요한 건지 잘 모르겠어. 적어도 예전에 생각했던 만큼 중요한 건지. 물론 내가 반평생 동안 시간을 들여 생각해온 다른 훨씬 더 멍청한 것들이야 꼽자면 하나둘이 아니지. 요즘 나는 정말 중대한 문제가 산적해 있는 상황에서 사람들이 어떤 일에 관심을 기울이는지에 골몰해 있어. 〈뉴욕 타임스〉 사이트에 들어가 섬뜩한 헤드라인에서 시작해서 '더 좋은 삶'인가 뭔가 하는 섹션으로 내려가다 보면 얼마나 재미있는지 모른다니까. 더 좋은 자세 갖는 법. 화장실 청소하는 법. 아이들 점심 도시락 싸는 법."

'더 스마트한 삶.' 화장실 청소 같은 일에 몰두하면 제정신을 유지하는 데 도움이 되던 그런 시절이 내게도 있었다. 정말 사소한 집안일을 해내는가 아닌가에 만사가 달려 있는 것만 같던 시절. 근무 중 휴식 시간에 조용한 장소를 찾아 그날 아침에 싸온 샌드위치와 과일을 먹는 그 순간이 하루 중 무엇보다 중요하던 시절. 평화로운 한순간. 불안과 우울함은 한편에 눌러놓은. 그때는 그럴 수 있었다. 그렇게 또 하루를 살 수 있었다.

"세월이 흐르며 내 관심사가 쪼그라들었다는 건 인정해." 전 애인이 말했다. "소설을 읽은 지가, 아, 정말 얼마나 오래됐는지 몰라. 사실 요즘에는 일과 관련된 책밖에 안 읽어. 너무 피곤해서 아무것도 할 수 없을 때면 TV를 조금 보기는 하지만 이제 영화관에는 전혀 가지 않아. 박물관도, 콘서트도. 휴가는 말할 것도 없고. 일 때문이 아니면 여행도 가지 않아."

그는 수십 년간 세계를 돌아다니며 예술과 문화 강연을 하던 사람이었다. 어떻게 그 관심이 남김없이 사라질 수가 있단 말인가?

"세상 모든 시인이 다들 오늘 기후변화에 관해 시를 쓴다 한들 나무 한 그루 구할 수 없겠지. 어쨌든 예술—위대한 예술은 내가 보기엔 과거지사야."

"말도 안 돼. 지금 활동하는 직업적 예술가가 그 어느 때보다 많아."

"물론이지. 하지만 특정한 유형의 예술적 천재는 이제 더 이상 나타나지 않아. 우리가 사는 시대는 위대한 기술의 시대라 그 분야의 천재들은 넘쳐나지. 하지만 가령 모차르트나 셰익스피어의 반열에 들 만한 창조적 예술가로는 조지 발란친이 마지막인데, 그는 1904년에 태어난 사람이야. 여하튼 확실히 난 이제는 예전처럼 예술이 지닌 구원의 힘을 믿지 않아. 그런 걸 믿을 사람이 누가 있어? 지금 우리가 처한 상황을 봐."

"섹스는 어때?"

"무슨 소리야?"

"예전에 당신에게 중요하던 것들에 관심이 없어졌다고 하니까."

"아, 그것 역시 그래." 그가 말했다. "솔직히 얼마나 다행인지. 인생 대부분을 짐승처럼 보내는 남자들이 얼마나 많아. 정직하게 되돌아본다면 내 성생활은 대체로 만족스럽기보다는 수치스러웠다고 할 수 있겠지. 내 리비도를 죽여 없애는 약이 있었다면 아마 먹었을 거야. 적어도 성욕을 주체할 수 없던 시기엔. 그러면 내가 더 나은 인간이 되었을 테니까. 좌우간 내가 일종의 편집광이 된 건 맞아. 요즘엔 단 한 가지 주제로만 글을 쓰고 강연을 하니까. 그래서 마치 카산드라가 된 기분이라도 어쩔 수가 없어. 누군가 내가 너무 미워서 죽이겠다고 협박을 해도 어쩔 수가 없고. 그나마 지금은 배우자 없이 혼자 사니 다행이지. 하지만 모르는 사람들만 그러는 게 아니야. 친구들도 많이 떨어져 나갔어. 며느리가 셋째 아이를 가졌다는 말을 듣고 내가 대놓고 질겁하는 바람에 아들 녀석은 이제 나와 말도 거의 안 섞어. 며느리 근처에도 못 가게 하지. 너무 겁을 줘서 유산될 수도 있겠다면서."

"그러니까 손주가 벌써 둘이나 되는구나. 몰랐네."

"손자 둘. 다섯 살, 세 살."

다들 어떻게 해나가는 걸까. 수년 동안 한집에서 살고, 같은 침대에서 자고, 같은 (혹은 감히 같다고 믿는) 미래의 계획을 세우며 삶을 함께한다. 수많은 시간을 함께 보내고, 상대의 의사를 묻지 않고는 어떤 일도 시작하지 않고, 두 사람의 경계가 어디인지도 알 수 없는 그런 지점에 이르고—

"사진 있어?"

—그리고 믿을 수 없지만 바로 그 생애에 (결국 얼마나 짧은지) 상대방의 삶에서 가장 중요한 일조차 전혀 모르게 되는 날이 온다.

"물론이지. 하지만 정말로 보고 싶은 거 아니잖아. 예의상 하는 말이지."

지하철에서 이런 순간이 찾아온다. 저 남자가 도대체 왜 나를 보며 미소 짓나 의아해하는데 그가 몸을 숙여 자기 이름을 말한다. 십수 년 전에, 갓 졸업하고 우리 함께 살았잖아. 도심을 벗어나는 고속전철에서 건너편에 앉아 있던 내 인생의 이 대단한 사랑(이제 결혼했고 최근 아이도 낳았다고 한다)을 난 어쩐 일인지 알아보지도 못했다.

"미래에 그렇게 비관적인 당신으로서는 정말 괴로울 수밖에 없겠지."

그가 너무 많이 변해서였을까, 아니면 내가 그를 마음속 깊이 무덤에 묻듯 묻어놓았기 때문일까.

"견딜 수 없을 정도로."

또 다른 전 애인, 또 다른 순간. 피자집 창문 안쪽 그의 모습을 보았다. 순식간에 정열과 슬픔으로 가득했던 그 시절로 돌아가 그쪽을 뚫어지게 쳐다보며 서 있었지만, 그는 전화를 붙들고 뭘 하느라 너무 바쁘다. 내가 쓰라리게 한탄하게 되었다시피 '잃어버린 시절'. 식당의 다른 손님들이 왜 저러나 힐끗거리는 것도 개의치 않고 안을 들여다보면서, 왜 이 정도 감정뿐인지, 나는 알고 싶었다. 한때는 전부이던 것이 있었는데, 왜 이제는 그 무엇도 그럴 수 없는지.

지금껏 만들어진 가장 로맨틱한 영화에서 여자는 전쟁에 나간 애인을 절절히 그리워한다. 이젠 얼굴조차 기억나지 않는데도. 그를 위해서라면 목숨도 내놓을 수 있다고 여자가 말한다. 어떻게 난 여전히 살아 있을까요?

한 비평가는 역사상 가장 슬픈 뮤지컬이라고 했다. 〈쉘부르의 우산〉.

"그리고 당신은 정말로 가망 없다고 보잖아."

그리고 몇 년 뒤, 필라델피아에 사는 친구를 만나러 기차를 타고 가는데, 내 앞의 두 좌석 사이 틈으로 책을 손에 든 그의 손, 그의 오른손을 (보이는 건 그게 다였다) 알아보았다. 말을

걸어야 할까? 아니야. 다른 칸으로 자리를 옮기지도 않았다. 그
저 그의 뒷좌석에 앉아서 궁금해했다. 왜 이 정도 감정뿐일까.
예전에 느낀 내 감정은 여전히 아주 생생한데. 사랑. 증오. 두 번
다시는, 이라는 약속. 내 삶을 다른 사람의 삶과 이어 붙이는 일
은 앞으로 두 번 다시는 없을 거야—

"내 생각은 이미 들어서 알잖아." 그가 말했다. "과학 정보를
찾아보고 지금 세상이 무슨 짓을 하고 있는지 봐. 이보다 간단
한 사실이 있어? 계속 탄소를 공기 중에 배출하면 머지않든 나
중에든—머지않을 공산이 점점 더 커지지만—다 끝장이라고.
게다가 분명한 건, 실제 실낱같은 희망이 있다 해도 그건 전적
으로 자유주의적 민주주의가 여전히 살아 있는지에 달려 있어.
살 만한 지구의 종말을 앞당기는 것으로는 극우의 득세만 한
게 없지. 그런데, 보라고, 두 유령이 나란히 행진하고 있잖아."

"그런데 자식을 낳지 말아야 한다는 당신 생각 말이야." 내가
말했다. "논리상 다음 단계는 사람들이 각자 알아서 목숨을 끊
는 것 아닌가? 그러니까 우리가 뭘 하든 사실상 문제만 더 커
진다고 하니까. 불 하나를 켜도, 차를 타도, 이 시점에서는 행동
하나하나가 자원을 낭비하고, 지구를 오염시키고, 다른 생물종
을 멸종시키고, 우리 후손의 미래를 파멸로 이끄니까. 우리 세
대가 일부라도 희생하여 세상에서 사라져버리면—그럼 도움이

되지 않을까?"

"그런 일은 생기지 않겠지, 분명."

"그렇다면 사람들이 아이를 가지지 않는 것도 마찬가지지."

"하지만 결국 그렇게 될 거야."

"뭐가?"

"열기를 견디지 못해서, 먹을 것과 깨끗한 물이 부족해서 사람들이 목숨을 끊게 될 거라고. 그 지경까지 가기 전에도 그럴 사람은 많을 거고."

"당신은 그렇게 하겠어?"

"내겐 그런 깜냥은 없는 것 같아. 대부분이 그렇지. 본인들은 아니라고 생각할지 모르지만. 어쨌든 핵전쟁은 막았으니 우리 세대는—현재의 재앙을 막을 수도 있었던 세대지—최악은 모면했지."

"막 어떤 책의 서평을 읽었는데, 환경을 지키는 데 필요한 만큼 인간을 없애보려는 의도로 팬데믹 독감 바이러스를 일부러 누출한 실험실 연구원에 관한 책이었어."

"그래? 그게 그래서 환경을 어떻게 지켰는데?"

"서평엔 그 말은 없었어. 스포일러는 안 되니까."

"내가 스포일러라는 농담을 떠드는 얼간이도 있었지. '오, 이런! 지구상의 생명이 어떻게 종말에 이를지 다 알게 됐잖아.' 트위터에 그렇게 썼더라고. 재담이랍시고 한 말이겠지."

"그냥 빈정댄 것 같은데."

"난 사실을 그대로 전할 뿐이야. 근데 왜 내게 그렇게들 적대적 반응을 보이는 거지?"

"당신 태도 때문이지." 내가 말했다. "괴팍하고 오만하다는 인상을 주니까. 심지어 협박조라고도 하고. 그리고 사람들을 앞에 두고 그저 희망이 없다는 말만 하는 건 좀 아니지."

"진실을 말하는데 왜? 되돌아올 수 없는 길에 들어서기까지 겨우 여남은 해가 남은 지금 사람들이 제정신을 차리고 상황을 바로잡을 거라고 진심으로 믿지 않아서 문제라고?"

"모르겠어. 어쨌든 그 끔찍한 진실을 제시하는 당신의 방식은 좀 그래. 마치 즐기는 것도 같고, 어떤 음침한 만족감을 얻는 것 같다고 할까. 다시 말해, 당신 말에서 인간 혐오가 스며 나온다는 거지."

그가 웃었다. "내 방어기제 말이지. 내가 내 손주들의 앞길에 놓인 고통을 상상하며 즐거움을 찾는다고 정말 믿는 건 아니겠지. 하지만 내가 상당히 적대적인 건 사실이야. 다른 문제는 차치하고라도, 기후변화를 부정하는 인간을 세계에서 가장 강력한 지위에 선출한 저 미국인들이나—좋은 교육을 받고, 특권을 누리는 그 모든 사람들을 말하는 거야—뭔가 해볼 수 있었을 때에 화석연료와 지구 온난화의 관련성에 대한 자체 연구 조사 결과를 덮어버린 석유 CEO들을 누군들 용서할 수 있겠어? 내 생각으로는 지금까지 세상에서 벌어진 그 어떤 집단 학살보다 그게 더 어마어마해. 당신은 어떤지 모르겠지만, 난 인간이 옳은 일을 할 수 있다는 믿음은 완전히 버렸어."

"하지만 여전히 강연을 하고 다니는 건 일말의 희망이 있어서 잖아."

"그게 모순이긴 하지. 손주들이 커서 할아버지는 어디에서 뭘 하고 있었냐고 물을 때 적어도 그 눈을 똑바로 쳐다볼 수 있기를 바라는 마음인 것 같아. 그리고 멍청한 인류가 늦기 전에 눈을 뜰 수 있으리라는 희망이 없다 해도, 진실이 무엇인지는 들어야 하지 않을까? 글을 읽고 강연을 듣는 그 시간만큼이라도 자신들이 얼마나 어리석은지, 막을 수도 있었을 재앙을 어떻게 막지 않았는지 생각해봐야 하지 않을까? 진심으로, 난 신생아를 볼 때마다 가슴이 덜컥 내려앉아. 늘 지독하게 분노가 솟구치지만 또한 지독하게 죄책감이 들어. 지금 이런 일을 하는 이유는 과거에 충분히 하지 않았기 때문이야. 당시엔 아무리 중요해 보였을지 몰라도 결국 하찮기만 한 것들에 내 인생을 허비했기 때문에."

"다른 사람들은 용서할 수 없다고, 용서하지 않겠다고 하면서 당신 자신은 용서받길 원하는구나."

"그래. 손주들에게는. 손주들이 날 용서했으면 해."

그때 천으로 된 쌍둥이 아기 띠를 메고 가슴과 등에 하나씩 아기를 안고 업은 여자가 식당으로 들어왔다. 다행히도 내 전 애인은 문을 등지고 앉아 여자를 보지 못했다.

"그건 그렇고, 크루아상 참 맛있군." 그가 말했다.

당신이 좋아하는 거잖아. 내가 말없이 그렇게 전했다.

그리고 당신은 늘 초콜릿 크루아상을 좋아했지. 그럼에도 그 가 응답했다.

이제야 대화는 내 친구로 옮겨 갔다.

"그 사람이 날 전혀 좋아하지 않았던 건 나도 알아." 그가 말했다. "방에 함께 있을 때면 항상 느껴졌지. 하지만 존경하긴 했어. 좋은 저널리스트였으니까. 과거형을 써서 미안하지만."

"개의치 않을 거야." 분명 그러하리라 확신하며 내가 말했다.

"난 그 사람이 하는 일이 옳다는 걸 의심한 적이 없어." 그가 말했다. "그 입장이라면 나도 그럴 수 있을 만큼 강인했으면 하니까. 당신이 하는 일도 옳고. 게다가 정말 용감하다는 게 내 의견이야." 그가 덧붙였다. "하지만 당신이 얼마나 힘든 일을 겪을지는 상상이 가지 않아."

내가 어떻게 설명할 수 있을까?

난 친구가 약을 두고 와서 다시 집까지 가야 했던 일을 들려
줬다.

"웃으면 안 되겠지." 그가 말했다.

"개의치 않을 거야." 난 같은 말을 했다.

"슬랩스틱 코미디 같은 순간이 몇 번 있었어." 내가 말했다.
"약을 두고 온 것도 그렇고, 며칠 전엔 이런 일이 있었어. 말했
다시피 정확히 언제 약을 먹을지를 내게 알려주진 않겠다는 게
개의 계획이야. 어느 날 아침에 일어나보면 다 끝나 있을 거라
고 했지. 자기 방문이 닫혀 있을 테니까 보면 알 거라고. 그 친
구는 잘 때 항상 방문을 조금 열어놔. 고양이를 기를 때 생긴 습
관인데, 문을 닫고 자면 밀실공포증이 찾아오기도 한대. 그날
아침 난 평소보다 일찍 일어났는데—아직 어둑어둑했어—친
구의 방문이 닫혀 있는 거야. 어쨌겠어? 완전히 공포에 질렸지.
기절할 것만 같았어. 부엌으로 가서 싱크대에서 토했지. 그리고
물 한 잔을 따랐는데, 이가 덜덜 떨려서 마실 수가 없었어. 식탁
에 앉았는데 정신을 차릴 수가 없었어. 정신을 다잡으려 기를
썼지만 도무지 되질 않았어. 마침내 겨우 물을 좀 마셨지. 시간
이 얼마나 지났는지도 알 수 없었어. 그렇게 많은 시간이 흘렀
을 리는 없는데, 그래도 동이 터오고 있었지. 그런데 갑자기 무
슨 소리가 들리더니 곧 친구가 한가롭게 걸어 부엌으로 들어오

는 거야. 알고 보니 방 창문을 열어뒀고─걔는 특히 밤이면 늘 한기를 느꼈기 때문에 아무리 찜통 같은 날씨여도 좀처럼 그런 일은 없는데─밤사이 바람 때문에 망할 문이 닫혔다는 거야."

"웃으면 안 되는 거 아는데," 그가 다시 말했다. "근데 정말 무슨 시트콤 같네. 〈루시와 에설 안락사를 하다.〉"

"아, 우리도 얼마나 웃었는지 몰라. 정말로." 내가 말했다. "사실 그 집에 들어간 이후 웃을 일이 얼마나 많았는지 아무도 믿지 못할걸. 물론 나중에야 웃을 수 있었지. 그 순간에는 하나도 우습지 않았어. 그 순간에는 말 그대로 분노로 몸이 부들부들 떨리더라고. 집 안에 있는 물건을 다 부숴버리고 싶은 마음이었는데, 물잔을 벽에 던져 깨뜨린 걸로 끝냈지."

"그 사람은 어떤 반응을 보였어?"

"전혀 아무렇지도 않았어. '내가 아직 살아 있다고 그렇게 화를 내는 게 정말 정당하다고 생각해?' 그 말만 하더라고. 그 말을 듣고 내가 어떤 기분이었을지 상상할 수 있겠지. 하지만 말했다시피 나중엔 그 일을 떠올리며 둘이 엄청 웃었지. 걔가 여전히 유머 감각을 지니고 있으니 참 놀라워. 긍정적인 면을 찾아내기까지 했다니까. 예행연습이었다고 생각해, 그러는 거야. 어떨지 이제 아니까 마음의 준비를 할 수 있잖아."

영화 〈죽어야 사는 여자〉가 여러 번 머릿속에 떠오르기는 했지만, 그것을 차마 입 밖에 낼 수는 없었다.

"걔를 그렇게 오래 알고 지냈는데, 절대 편한 사람이 아닌 건 분명해." 내가 말했다. "걔와 함께 지내는 게 어떨지 걱정을 정말 많이 했어. 그런데 사실 잘 지내고 있어. 마치 늘 함께 살았던 것 같아. 왜?"

"아무것도 아니야."

"당신 얼굴 표정이—"

"당신 말에 옛날 일이 떠올랐을 뿐이야. 워낙 오래전 일이라 기억할지 모르겠지만 내게도 그런 말을 한 적이 있어."

"기억 안 나는데." 난 그렇게 말했지만, 기억하고 있었다.

"한집에 살기 시작한 지 얼마 안 됐을 때." 그가 말했다. "처음 함께 살았던 원룸 아파트 있잖아. 한 주 정도 지나서 마치 우리가 늘 함께 살았던 것 같다고 했어. 미안, 화제를 딴 데로 돌리려던 건 아니야. 그래서 한참 더 있어야 할 것 같아?"

"아니. 곧 벌어질 거야. 언제라도."

"어떻게 그렇게 확신해?"

"그냥 알아." 다시, 어떻게 설명할 수 있을까? "정말 믿을 수 없는 방식으로 내가 걔한테 맞춰져 있어. 뭐 마실 거라도 줄까, 이렇게 막 물어보려는 참에 걔가 오렌지 주스 한 잔 갖다주겠냐고 묻는 거야. 내가 리모컨으로 손을 뻗는 것과 동시에 다른 채널로 돌릴까? 이렇게 묻고."

늘 그랬다. 집 안의 공기는 매일 조금씩 달라졌고, 딱히 뭐라고 정의할 수 없지만 조금씩 긴장감이 높아갔고, 난 그것을 어떻게 읽어낼지 알게 됐다. 이제는 언제라도. 설명할 수는 없지만 난 알았다.

"이미 얘기했지만," 그가 말했다. "주의 사항을 잘 기억해야 해. 그 사람은 꼭 유서를 남겨야 한다고." (사실 유서는 날짜만 빼고 이미 다 작성되어 친구의 침대 옆 협탁 서랍에 고이 모셔져 있었다. 친구는 꼼꼼하게 다 준비해놓았다.) "그리고 당신이 그 계획에 관여했다든가 어떤 식으로든 그 일을 도왔다고 해석될 수 있는 증거는 하나도 없어야 해. 우리 셋 말고는 아무도 모르는 거지? 더 이상은 알리지 마. 그 친구 말처럼, '예행연습'을 한 게 좋은 일일 수도 있지. 정신을 바짝 차려야 해. 경찰이 왔을 때 모조리 털어놓으면 안 된다고. 집 전체를 꼼꼼히 조사할 거야. 당신에게 질문도 하고. 대본대로만 해. 그리고 내게 전화하기 전에 경찰에 먼저 전화하고."

"딸한테도 전화해야 해." 내가 말했다. "당신보다 먼저 그애한테 해야 한다고."

"그래. 하지만 말을 잘 골라서 해."

"이건 미친 짓이야." 눈과 목이 따끔거렸다. "우리가 무슨 범죄자도 아닌데 도대체 왜 이런 일을 겪어야 하는지 이해할 수가 없어. 죽음을 앞둔 사람들은 스스로 목숨을 끊을 권리가 있어야 하는 거 아니야?"

"그렇게 될 거야. 나이 많은 말기 질환자들이 너무 많아져서 가뜩이나 위태로운 의료 체계가 완전히 무너질 지경이 되면 말이야. 의사가 처방전을 써주고, 약은 사기도 쉽고 값도 싸지고, 모든 게 합법적인 일이 될 거야. 다크 웹을 찾을 필요가 없는 거지."

"정말 그렇게 될 거라고 봐?"

"그게 유일한 현실적인 해결책이야. 그리고 내 생각엔 유일한 온정적인 방법이고."

대부분의 사람들은 택하지 않겠지만. 우리가 입 밖으로 내지 않고 동시에 떠올린 생각은 그러했다.

인간의 재생산이 윤리적으로 옳지 않다는 신념이 새로운 것이 아님을 우리는 안다. 사실 고대부터 있었다. 삶은 고행이고, 탄생함으로써 죽음이 생겨나고, 결정권이 전혀 없는 존재를 이 세상에 내놓는 일은 도덕적으로 정당화될 수 없다는 것이 반출생주의 철학의 주장이다. 그 삶이 한 개인에게 커다란 즐거움을 줄 수 있다 한들 달라질 것은 없다고 말한다. 아예 태어나지 않으면 삶의 즐거움을 놓칠 일도 없으니. 일단 태어나면 노화나 질병이나 죽음의 고통 같은 수많은 육체적, 정서적 고통을 견디는 수밖에 달리 도리가 없다. 앞으로 고통이 대단히 감소할 가능성이 있다 한들 그것이 현재 존재하는 고통을 정당화할 수 없다. 현대의 주요한 반출생주의자에 따르면 어쨌든 더 행복한 미래란 환상일 뿐이다. 인간 본성이 주된 문제였고 지금도 그러하며, 앞으로도 그러할 것이다. 모든 것이 달라질 수도 있다, 그건 맞는 말이다. 하지만 그러려면 인간 종이 아예 달라져야 한다. 인간이란 배울 줄을 모른다. 같은 실수를 거듭거듭 저지른다. "용인할 수 없는 것을 용인하라고 요구하는 겁니다. 인간과 다른 존재들이 지금 겪는 바를 굳이 겪으라고 하는 건 용인할 수 없는 일이죠. 그들 편에서 어떻게 해볼 수 있는 것도 거의 없고요."

본인은 자식이 있느냐는 질문에 반출생주의자는 대답하지 않았다.

4

사실 그날 아침 운동하러 간 것이 아니라 전 애인을 만나러 갔고, 아무에게도 말하지 않겠다고 약속했음에도 그에게 모든 사실을 얘기했다고 나중에 난 사실대로 털어놓았다.

한 주 전이었다면 기분이 나빴을 수도 있었을 거야. 친구가 말했다. 내가 왜 마음을 바꾸었는지 그 이유는 묻지 않았다.

시간. 시간이라는 것이 우리가 이 집 문지방을 넘기 이전과는 다른 요소가 되었음을 우리 둘 다 예리하게 인식했다.

정말 이상해. 얼마 전 산책하다가 친구가 말했다. 때로는 우리가 이곳에 몇 년째 있는 것 같은 기분이 들어.

무슨 뜻인지 나도 알았다. 한 주 만에 우리 관계는 젊은 시절의 우정을 다 덮어버릴 정도로 훌쩍 자라났다. 그리고 새롭게 생겨난 이 친밀감 때문에 비밀이나 거짓말을 참을 수 없게 된 것이다.

그 사람, 마음에 든 적이 없어. 친구가 말했다. 하지만 자기 말마따나 정말 그렇게 고통받고 있다면 그건 안됐네. 손주들이 태어나지 않았기를 바란다니 얼마나 슬픈 일이야. 솔직히 나로선 걱정할 손주가 없어서 다행스럽지만.

디스토피아적 미래는 또 이런 상황을 가져올지도 모른다. 사람들이 자신을 왜 낳았냐며 부모를 고소하는 것이다. 그들 부모들이 접한 수많은 과학적 연구와 경고를 증거로 들면서. 당신네 멍청이들은 자정 이 분 전이 도대체 무슨 뜻이라고 생각한 겁니까?

때로는 묻지도 않았는데, 한 마디도 입 밖에 내지 않았는데, 내 머릿속에 떠오른 질문에 친구가 대답하기도 했다. 창문 너머로 우리가 일주일에 두 번씩 채워주는 먹이 그릇에 모인 새들을 내다보다가 시선을 돌리며, 혹은 읽으려 애쓰던―대개는 성공하지 못했다―책에서 시선을 들며 이렇게 말하곤 했다.

어린 시절이 그리워. 난 행복한 아이였거든. 내가 아는 많은 사람들이 힘겨운 성장기를 보낸 걸 아니까, 특히 감사하지. 내 애장품인 작은 갈색 가죽 책가방을 흔들며, 그 주에 배운 노래를 흥얼거리며 버스 정류장에서 집으로 걸어가는 내 모습이 보여. 그 가방이 아직도 있다면 참 좋을 텐데. 지금 만져볼 수 있으면 참 좋을 텐데. 음악 시간이 정말 좋았어! 선생님이 레코드판을 얹으면 우리는 그걸 듣고, 그다음에 선생님이 노래를 가르쳐주시면 목청껏 노래를 따라 부르고. 노래를 잘 부르건 음치이건 다 같이 신이 나서 불렀지. 아는지 모르겠는데, 실력이 다른 소리가 섞이면 특별한 소리가 나. 많은 사람들은 귀에 거슬린다고 하겠지만, 평생 난 아이들 노랫소리만 들으면, 특히 제대로 못 부를 때면 더욱 소름이 돋았어. 노래를 잘하면, 예행연습까지 한 제대로 된 공연이라면, 천사의 노래처럼 들리긴 하지. 하지만 내게는 별로 자유롭거나 행복하게 들리지 않아. 아이들이 신나서 하는 게 아니잖아.

내가 사랑한 책가방과 그 안에 든 소중한 물건들. 흑백의 미드Mead 작문 공책, 사탕 색깔 구분 표를 달아 주제별로 나눠 쓸 수 있는 낱장 바인더, 연필과 볼펜, 연필깎이, 지우개, 자와 각도기와 컴퍼스―그런 것들을 바라보면 내가 대단한 인물 같았어. 난 학교에서 대체로 사랑받는다고 느꼈어. 정확히 표현할 수는 없을지라도 그 감정이 아주 생생해. 누군가 내게 이런저런 것을 가르쳐주고 싶어하고, 내가 쓰는 글씨나 동그라미와 막대기를 이어 그린 그림이나 내가 지은 시의 운율에 관심을 보이는 것. 그게 사랑이었어. 그거야말로 확실히 사랑이었지. 가르치는 일은 사랑이야. 그리고 어떤 면에서 내게 그 사랑이 부모님의 사랑보다 의미가 있었어. 우리 부모님은 두 분 다 전혀 비판적인 적이 없어서 내가 하는 어떤 사소한 일이라도 과장하고, 내가 들이는 노력은 다 똑같이 칭찬하셨거든. 그리고 성적이 나쁘면 시험이나 과제가 너무 어려워서 그렇다고 하셨지. 선생님들과는 달리 부모님들은 노력과 성취를 구분하지 않았어. 하지만 난 거기에 속지 않았어. 부모님 말씀은 그대로 믿을 수 없다는 걸 알았기 때문에 선생님들 의견이야말로 중요했지. 어쨌든 우리 부모님은 자식의 교육에 일일이 발 벗고 나서는 유형이 아니었어. 그건 선생님들이 할 일이라고 보셨지. 일찍 집에서 글을 깨치는 아이들이 많잖아. 하지만 나는 그 중대한 순간—내 삶의 가장 중요한 단계—을 학교에 들어가서야 맞이했어.

유치원부터 초등학교 때까지 선생님 이름을 다 댈 수도 있어. 친구가 말했다. 길링스 선생님, 매슈스 선생님, 로페즈 선생님, 뱅크스 선생님, 골든샐 선생님, 허시 선생님, 코크 선생님. 모두 사랑했어. 어릴 때는 선생님들을 모두 사랑했어. 생각했던 만큼 좋은 분이 아니었다는 걸—사실 꽤 형편없는 선생님이었다는 걸—나중에 깨달은 그런 선생님도. 그분들에 대해서도 여전히 좋은 기억을 가지고 있어.

(이때 난 내가 한때 강의를 나갔던 대학교를 불과 몇 년 전에 졸업한 한 남학생과 가졌던 대화가 떠올랐다. 누구 수업을 들었

느냐고 물었더니 단 한 사람도 이름을 기억하지 못했다.)

　내 기억으로는 내가 유별난 아이는 아니었어. 친구가 말했다. 내 기억으로는 친구들 대부분이 학교를 좋아했어. 안 좋은 일도 물론 있었지. 아이들이 짜증 내고, 다치고. 특히 정말 이해할 수 없던 한 여자애가 있었어. 위니. '똥쟁이 위니.'* 다들 걔를 싫어했어. 선생님들조차 싫은 내색을 감추려 하지 않았지. 하지만 나로서는 뭐가 그렇게 안 좋은 건지 확실치가 않았어. 그애 엄마가 정말 우스꽝스럽게 옷을 입히긴 했지만. 빅토리아 시대 소설의 삽화에 나오는 고아처럼 무릎 아래까지 내려오는 시커먼 단색의 맵시 없는 원피스를 입고―지금 생각해보니 모두 똑같은 옷본에서 떠서 집에서 만든 게 분명해―정형외과 신발처럼 투박한 옥스퍼드화를 신고 다녔거든. 하지만 다른 사람을 귀찮게 하는 법도 없었고, 늘 혼자였고, 구부정하게 낮은 자세로 앉아 있었는데, 분명 눈에 안 띄려고 그런 거지. 그런데 우리로서는 왜 그러는지는 몰랐지만, 간혹 수업이 한창일 때, 선생님이 말씀을 하시거나 칠판에 뭔가를 적고 계실 때 동물의 울부짖음 같은 기분 나쁜 소리가 들려서 돌아보면 그애가 고개를 젖히고 입을 크게 벌리고 주먹을 쥐었다 폈다 하면서 그렇게 앉아서

－－－－－－－－－－－－－－－－

* Winnie the Poop. 곰돌이 푸(Winnie the Pooh)를 빗댄 별명.

울고 있는 거야. 끔찍한 광경이지만 동시에 너무 이상하고 우스꽝스럽기도 했어. 몇몇 아이들은 웃기도 했어.

너무 놀랐지만 동시에 최면에 걸린 기분이었어. 친구가 말했다. 난 워낙 어려움 없이 자란 아이니—내가 고통에 대해 뭘 알았겠어? 무척 불쌍하다는 마음이 들었던 기억이 나. 내가 진정 연민을 느낀 것이 그때가 처음이었다고 늘 생각했지. 정말 이상했어. 나쁜 감정과 좋은 감정이 동시에 찾아드는 느낌. 그건 어떤 거였을까? 그냥 불쌍하다는 느낌만은 아니었어. 그런 느낌은 전에도 자주 있었으니까. 그건 뭔가 더 거대한 감정이었고 어떤 식으로든 행동을 취해야 할 것 같았어.

훌륭한 행동을 보일 수 있는 기회! 난 말할 수 없이 기뻤어. 따돌림당하는 이 가련하고 불행한 아이와 친해져야겠다. 난 내가 워낙 대단하다고 봤기 때문에, 영광스럽고도 은혜롭게 내가 관심만 보이면 그 아이의 삶이 달라질 거라고 믿었어. 아, 이 기사도적 충동에 온몸이 짜릿해지던 들뜬 기분이 지금도 느껴져.

하지만 그 아이는 그런 내 우정의 몸짓에 화답하거나 받아들이기는커녕 내게 적대감을 보였어. 어느 날 내가 통행증을 받아 화장실에 다녀온 사이 그애가 내 책가방에 손을 댔어. 그애가 무슨 짓을 했는지 난 알았지만—돌아왔을 때 그애가 날 보며 히죽거렸거든—선생님이 공책을 꺼내라고 하셨을 때, 난 위니가 내 공책을 훔쳐갔다고 일러바치지 않고 '잃어버렸다'고 하고 벌을 받았어. 이상하게도 그 일이 있고 난 직후 위니는 나와 친구가 되기로 했어. 딴 게 벌이 아니야! 반 아이들은 사실 너무 착했던 거야. 그애는 정말이지 칙칙했고, 내가 알게 된 첫 번째 만성 우울증 환자였어. 그 몸 안에 생기 있는 뼈라곤 하나도 없고, 그 마음에 노래 하나 없고, 그 머리에 꿈이라고는 없는 게 분명했어. 똥쟁이 위니! 그애와 함께 있는 건 곰팡이가 잔뜩 핀 어두침침한 지하실에 갇혀 있는 것이나 매한가지였어. 학년이 끝날 때까지 그 아이는 내게 딱 붙어 떨어지지 않았고, 딱하게도 하는 짓마다 밉살스러워 반 아이들은 그애와 상종하려고도 하지 않았어. 그애와 다른 친구들, 둘 중 하나여야 했는데, 다른 친구들을 선택하는 게 그렇게 간단하지 않았어. 그애를 떼어버릴 일을 할 수가 없었거든─내가 먼저 친구 하자 해놓고 그럴 수가 없었지. 난 너무 수치스러웠고, 그래서 다음 학년에 그애와 다른 반이 되자 정말 마음이 놓였어.

과거로 돌아가는 거야. 친구가 말했다. 생각 속에서 과거로 돌아가. 열쇠가 있어. 아니면 그렇다고 생각하거나. 마음속으로 손을 뻗어─아, 내가 너무 오래 떠들어서 지루하겠다.

아니야, 계속해. 듣고 있어. 듣고 싶어. 계속해.

어린 시절이 그리워. 3학년 때 어떤 남자애가 날 좋아했어. 청혼까지 했어. 정말이야! 어느 날 쉬는 시간에 한쪽 무릎을 꿇고 는 나랑 결혼해줄래? 그랬다고. 그래서 내가 반지는 어디 있냐고 물었지. 반지가 있어야 하잖아. 아이들이 우르르 몰려와 우리를 둘러쌌고 다들 그애를 보며 웃었어. 그래서 그애는 골이 나서 일주일쯤 나한테든 누구에게든 말을 안 했지. 그러더니 어느 날 또 그러는 거야. 한쪽 무릎을 꿇고―반지를 꺼냈어. 얼마나 예쁜지! 정말 아름답고 반짝거리는 반지였지만 내겐 너무 컸어. 줄을 달아서 목걸이로 걸고 다닐 셈이었는데, 알고 보니 훔쳤더라고―큰누나의 약혼반지를 말이야! 안 잃어버렸으니 얼마나 다행인지.

어린아이들만이 맛볼 수 있는 종류의 행복이 있지. 친구가 말했다. 내 말은, 어릴 때는 딱 한 가지에 오롯이 정신을 집중할 수 있잖아. 내 생일에 자전거나 강아지나 스케이트를 사달라고 했다고 쳐. 그럼 생일이 다가올 때까지 머릿속엔 온통 그 생각뿐이잖아. 그리고 그 일이 실제 이루어져. 소망을 이루고 꿈이 실현되고 그 무엇도 그것을 망칠 수 없지. 하나만 가져도 모든 걸 다 가진 기분이잖아. 하지만 어떤 나이에 이르면 그런 느낌―그 순전한 행복감―은 오지도 않고, 올 수도 없어. 이제는 단 한 가지만 원하지 않으니까. 일단 사춘기에 접어들면 더 이상 가능하지 않아.

(한 친구의 어린 딸이 바비 인형을 갖고 싶다는 갈망에 사로잡혔던 일이 떠오른다. 그 엄마는 성적인 면이 과장된 그 인형이 탐탁잖아 한동안 그 바람을 들어주지 않았다. 그러다가 크리스마스에 마지못해 사주었다. 기쁨에 도취된 여섯 살짜리 딸은 인형을 상자에서 꺼내며 열정적인 목소리로 이렇게 외쳤다고 한다. 바비! 사랑해! 언제나 널 사랑했어!)

처음 학교에 간 날이 그해 가장 행복했던 날이었어. 친구가 말했다. 너무 설레어서 잠도 제대로 못 잤어. 일요일마다 교회에 갔지만 내게는 학교야말로 진정 성스러운 장소였고, 희망과 감사와 기쁨의 장소였지. 일주일에 한 번씩 신에게 드리는 경배는 완전히 추상적인 일이었지만 배우는 기쁨─그건 진짜였어.

딸애는 왜 그렇지 않았을까 궁금해. 어째서 내가 누린 그런 어린 시절을 그애에게 주지 못했을까? 게다가 부모님이 딸애의 양육에 큰 역할을 하셨는데, 특히 엄마가─그런데 왜 우리 둘은 이렇게 딴판으로 자라게 됐을까? 내 기억에 난 어릴 때 아량이 있었고 편견이 없었어. 모든 사람을 좋아했고, 비열하게 군 적이라고는 없었고, 다른 아이들과도 잘 어울렸고, 나눌 줄도 알았고, 남의 말을 들을 줄도 알았어. 그런데 왜 이렇게 참을성 없는 인간이 됐을까? 내가 멍청이들을 못 참는다는 말을 얼마나 자주 듣는지 몰라. 맞는 말이야. 사실 못 참겠고 그런 말을 들으면 늘 뿌듯했어. 하지만 전혀 비판적이지 않았고 늘 너 그립고 날 애지중지 키우신 부모님을 생각하면—왜 성인이 된 나는, 한 아이의 부모인 나는 그렇게 되지 않았을까? 그렇게 학교를 사랑하고 선생님들에 대한 소중한 기억을 간직하고 있으면서도 난 가르치는 일이 너무 싫었고 웬만하면 안 하고 싶었어. 그리고 그 일을 할 때에도 내 선생님들과는 달리 난 좋은 선생님이 못 됐고, 학생들을 참아줄 수가 없었지—학부와 대학원 시절에 동기들에게 그랬고, 학교 동료들 대부분에게 그랬던 것처럼. 차갑다. 위협적이다. 잘난 체한다. 고압적이다. 지옥에서 온 교수. 나쁜 년. 강의 평가에 학생들이 쓴 말들이 그래. 그런데 그런 말에 신경을 쓴 게 아니라 어느 시점부터 아예 읽지를 않았지. 하지만 지금 과거를 돌아보고, 선생님들을 떠올려보고, 내 모든 행복과 사랑을 떠올려보니, 어째서 난 성인이 된 후 평생 가르치는 일을 멸시했던 건지 도무지 이해할 수가 없어.

목소리가 잘 안 나오네. 친구가 말했다. (몇 시간째 계속 말하고 있었다.) 듣고 있는 너도 지겹겠다.

난 고개를 저었다. 사실 친구의 이야기에 빠져 있었다. 실은, 말 한 마디 한 마디에 너무 빠져들고 있었다. 뭔가 외설적인 면이 있기라도 한 것처럼.

네게 이 이야기는 한 적 없는 것 같은데. 한번은 친구가 그렇게 말을 꺼냈다. 하진 않았지만 난 알고 있었다. 적어도 소문으로 떠돌던 내용은. 아직 십 대이던 딸이 친구와 친구 애인 사이에 끼어들었다는 이야기.

그보다 더 추잡한 일을 상상할 수 있겠니? 친구가 말했다. 네 딸이 네 애인에게 꼬리를 친다니. 그것도 바로 네가 보는 앞에서. 게다가 그 얼빠진 자식은 얼마나 우쭐하던지. 입에 담을 수도 없는 일이 벌어질까 봐 다시는 우리 곁에 얼씬도 못 하게 했어. 경찰을 부른다고 협박도 했지. 그가 사라지자 딸애는 그를 완전히 잊었어. 당연히 정말 마음이 있어서 그런 게 아니었으니까. 순진하고 무력한 애가 아니었다고. 그저 내게 상처를 주고 싶었을 뿐이야. 게다가 가능한 한 많은 사람이 그 일을 알았으면 했지. 가능한 한 커다란 치욕감을 내게 안기기 위해.

그때 난 내 딸이 나를 얼마나 증오하는지 알게 됐어.

친구는 그 충격에서 벗어나지 못했다. 절대 씻어낼 수 없는 삶의 얼룩이라고 표현했다. 어느 때건 예기치 않게 불쑥 밀려드는 슬픔, 특히 행복하고 평온한 순간이면 그렇게 찾아들어―그 순간들을 망쳐놓는 슬픔이라고.

할 일을 하면서 어딜 보나 만족스러운 날을 보내다가 별 까닭도 없이 불현듯 그 기억이 찾아들어 다시 그때로 돌아갈 수밖에 없게 돼. 일에 파묻혀 지내면 거기서 벗어날 수 있다는 건 체득했지만, 그 때문에 며칠이고 우울에 빠져 있던 때도 있었어.

함께 대화를 해보려 한 적은 없었어? 내가 물었다. 그러니까 네 딸이 좀 더 나이 든 후에.

해봤지. 하지만 아무 소용이 없었어.

딸애의 기억은 상당히 달라. 자기 잘못이라고 할 수 없다는 거야. 어쨌든 어린애일 뿐이었으니까. 남자 잘못이라고 했어. 소름 끼치게 싫은 남자였는데 엄마인 내가 그 남자에게 너무 빠져서 보질 못했다고. 애초에 그런 남자를 집에 들였으니 내가 자초한 일이라는 거지.

또 나중에는 내가 과민반응 한 거라고 하더라. 엄마 기억대로 그렇게 대단한 사건이었으면 분명 자기도 영향을 받았을 거라고. 그런데 사실 어떤 애인을 말하는지도 기억나지 않는다는 거야. 그리고 더 나중에는 내 기억이 전부 잘못됐다고 주장했어. 누가 됐건 그 남자와 자신 사이엔 아무 일도 없었다면서.

모든 걸 용서하고 싶고, 모든 걸 용서해야만 해. 친구가 말했다. 그런데 어떤 것들은 도저히 용서할 수가 없는 거야. 살날이 얼마 안 남았음을 아는데도. 그러고 나면 그대로 벌어진 상처가 돼. 용서할 수 없다는 것이.

5

너도 눈치챘어? 친구가 물었다. 얼굴이 변했어.

거실의 초상화를 말하는 거였다. 처음보다 익숙해진 거지. 이젠 눈에 거슬리기는커녕, 위안을 주는 신비로운 존재가 된 거야. 우리를 지켜봐주는 것 같다는 데에 우리는 동의했다.

정령처럼. 친구가 말했다.

가신家神처럼.

얼굴 표정이 변했어. 친구가 주장했다. 더 슬퍼 보여.

아니야, 더 슬퍼 보이진 않아. 좀 더 부드러워졌다고는 할 수 있지. 처음 봤을 때 난 어딘가 근엄한 인상을 받았다.

처음엔 저이도 우리가 탐탁지 않았던 거야. 이젠 받아들인 거지.

우리를 좀 더 알게 된 거지. 그래서 이제 좋아진 거고.

바라보면 위로가 돼. 친구가 말했다. 그 눈을 계속 들여다보면 마음이 차분해진다고.

후광을 달면 성화처럼 보일걸. 내가 말했다.

초상화 아래쪽으로 대리석 상판의 탁자가 있었다. 어느 날 친구는 그 위에 초 하나와 직접 꺾어 온 야생화를 꽂은 작은 백랍 화병을 놓았다.

사당을 만들었네. 내가 말했다. 기도하고 싶은 마음이 드는데. 기도하자.

꿈속에서 내가 잠을 자고 있었어. 친구가 말했다. 꿈속에서 눈을 떴는데 이 여자가 침대 곁에 서서 내 위로 몸을 숙이고 있는 거야.

그건 꿈이 아니었다. 나도 봤으니까.

잠시 내게 책을 읽어주면 좋겠는데. 친구가 말했다. 오디오북은 생전 좋아한 적이 없는데, 지금은 내가 직접 읽을 수가 없으니 누가 읽어주면 좋더라.

어떤 책을 원하느냐고 물었더니 차탁에 펼쳐져 있는 책을 가리켰다. 며칠 전 내가 그곳에 놓아둔 책이었다.

미스터리물이 너무 좋아. 친구가 말했다. 일주일에 한두 권씩 읽었어. 처음부터 읽지 않아도 돼. 그냥 앞에서 무슨 일이 있었는지 요약만 해줘.

　소설의 마지막 부분에서 삼인칭 시점이 일인칭으로 바뀐다. 지금 화자는 신예 배우로, 우리가 지금까지 읽은 것이 모두 그가 실제 사건을 바탕으로 쓴 소설임이 드러난다. 남성 필명으로 쓴 이 책이 곧 출간될 예정이다. 이제 독자는 그가 연쇄 살인범과 어울리게 된 후 삼십 년 동안의 삶을 알게 된다. 그 일로 트라우마를 입고 한때 전도유망하던 배우의 길을 계속 나아갈 수 없었던 것은 물론 제대로 살아가기도 힘겨웠음을. 게다가 거기서 그치지 않고 훨씬 더 끔찍한 일이 있었다.

　살인범에게 버림받은 배우의 절친은 이후 아이를 가진 것을 알게 된다. 아이아버지가 사이코패스 살인범이라는 사실을 알았을 때는 임신 중절을 하기엔 너무 늦었다. 그는 마지막까지 임신 사실을 감추다가 어디든 몰래 집에서 아이를 낳을 계획을 세운다. 친한 친구인 한 남자의 도움을 요청하여 함께 시골의 은신처를 찾아 들어간다. 갓난아기를 안전한 장소에 버려 그 부모의 정체를 영원히 알 수도 없고 추적할 수도 없도록 할 계획이었다. 하지만 일이 이상하게 되느라 아기는 태어나고 이틀 뒤에 죽는다. 그즈음 그런 일에 공모한 데 대한 후회와 공포에 시달리던 젊은 남자가 화자에게 간곡히 부탁하기를, 친구의 은신처에 와서 심각한 우울증에 시달리며 비이성적으로 행동하는 친구가 병원에 가도록 설득해달라고 한다. 그렇게 해서 화자는 아기의 죽음을 목격하게 된다. 지금까지도 화자는 아기가 유아 돌연사나 다른 자연사를 했는지 아니면 정서적으로 불안정한 아이 엄마에 의해 질식사를 당했는지 결코 알 수 없다고 한다. 하지만 범죄 수사─살인 혐의로 이어질 가능성이 컸다─가 벌어질 수 있기 때문에 자신의 친구와 그 젊은 남자를 (그리고 더 나아가 자신을) 보호하기 위해 영아에 대해 함구하기로 한다. 시신은 남자 혼자 들고 가서 숲에 묻는다.

소설 마지막에서 우리는 아기 엄마는 그럭저럭 정상적인 삶을 유지해나간 반면 비밀과 죄책감의 무게에 짓눌린 남자는 자살했음을 알게 된다. 화자는 자신의 인연을 만나 결혼을 목전에 두고 있다. 화자는 그 사람에게 연쇄 살인범 관련 이야기는 모두 들려주지만 다른 이야기는 하지 않는다. 결혼식이 며칠 남지 않았다. 소설의 마지막 장면에서 화자는 과연 모든 사실을 털어놓지 않은 채 결혼을 해도 될까 고민한다. 설사 그로 인해 자신이 행복할 마지막 기회를 날려버리게 될지라도 모든 것을 털어놓겠다고 결심한다.

하. 친구가 말했다. 반전이네. 결혼식으로 행복하게 끝나리라 봤는데 절벽이 마련되어 있었군.

고등학교 국어 선생님 말씀이, 두 종류의 소설이 있대. 반은 일종의 『죄와 벌』이고 나머지 반은 일종의 『러브 스토리』라고. 하지만 생각해보면 둘 다인 소설이 많지.

『죄와 벌: 러브 스토리』. 제목으로 딱 좋다. 어쨌든, 훌륭한 이야기는 다 서스펜스라고들 하지 않아?

그리고 모든 이야기는 사랑 이야기고.

그리고 모든 사랑 이야기는 귀신 이야기지.

그리고 누구나 어느 시점에는 누군가를 사랑하고.

그만! 친구가 꽥 소리를 질렀다. 너무 웃으면 아프다고. (몇 군데의 수술 자국을 말하는 거였다.)

내게는 최근 출간된 소설이 전자책으로 몇 권 있었지만 친구는 무엇에도 관심이 없었다. 요즘 소설가들의 파괴적 성향이 마음에 들지 않는다고 했다. 삶의 참상에 사로잡힌 것을 삶의 전망과 구분한 존 치버의 말을 인용했다.

요즘 소설은 대개 참상에 사로잡혀 있어. 친구가 말했다. 아니면 전혀 설득력 없는 진부한 정서든지.

현대 삶의 참상에 대한 그 모든 책들은, 그래, 뛰어난 책들도 많지, 나도 알아. 말 안 해도 안다고. 하지만 난 자기애와 소외와 남녀 관계의 허망함에 대한 얘기는 이제 그만 읽고 싶어. 인간의 추악함, 특히 남자의 추악함에 대한 글은 더 이상 읽고 싶지 않아. 작가의 임무는 사람들을 정신적으로 고양시키는 일이라고 포크너는 주장했는데 그건 다 어떻게 된 거야?

포크너는 당대의 젊은 작가를 얼마나 심하게 꾸짖었는지. 마치 인간 사이에 서서 인간의 종말을 바라보듯이 글을 쓴다고.

가슴이 아니라 분비선에 대해 글을 쓴다고. 작가가 이런 식으로 글을 쓰는 건 두려워서라고 포크너는 말했다. 지구상의 다른 모든 사람과 공유하는 두려움. 폭파된다는 두려움. 하지만 작가라면 그러한 두려움에 굴하지 말아야 한다고 했다. 1950년, 그날, 스톡홀름에서 포크너가 요구했던 건 용맹함이었다.* 그다음에는, 오랜 보편적 진리—사랑과 명예와 연민과 자부심과 공감과 희생으로 돌아가기. 그것이 없다면 당신의 이야기는 단 하루도 살아남지 못할 거라고 포크너는 경고했다.

멋진 말이다. 정말 멋진 말이다. 하지만 나로서는 오늘날의 작가들을 바라보는 여러 방식 중에서 그런 말이야말로 번쩍거리는 갑옷을 입은 기사처럼 가장 생뚱맞게 동떨어진 이야기로 들린다.

친구는 언젠가 이런 말도 했다. 만사가 끔찍하고 미래에 희망이라고는 전혀 없다고 스스로를 설득할 수 있다면 세상을 뜨기가 더 쉬울 거라고 생각할 수도 있지. 하지만 난 내가 사라진 이

---

* 노벨문학상 수락 연설을 말함.

후, 한없이 풍요롭고 한없이 아름다운 세상이 지속되지 않으리라는 생각은 견딜 수가 없어. 그마저 빼앗기면 위안이라고는 없는 거지.

그때 친구에게 말했듯이 나는, 브론테 가족의 삶을 토대로 만든 오래된 영화의 한 장면이 늘 머릿속을 떠나지 않았다. 자매 가운데 한 사람이 자신이 살날이 얼마 남지 않았음을 알고, 자신은 늘 삶이 두려웠기 때문에 삶을 끝내도 상관없다고 말한다. 그러고는 이어서 말하길, 그래도 이렇게 세상이 찬란하게 아름다운 오늘 같은 날이면, (내 기억에 그녀는 바깥 어딘가에, 분명 황무지 어딘가에 앉아 있었다) 조금만 더 살아도 상관없겠다 싶다고 털어놓는다.

채널을 계속 돌리던 중이라 내가 본 장면은 그것뿐이었다. 오래전 일이라 잘못된 기억일 수도 있다. 하지만 내게 떠오르는 장면은 늘 그렇다. 그리고 자주 떠오른다.

그동안 나는 거실에 놓인 커다란 책장을 눈으로 훑고 있었다. 아래쪽에서 두꺼운 책을 하나 꺼내며, 이건 어떠냐고 내가 물었다. 『세계 최고의 설화와 동화』.

신과 영웅, 왕자와 농부, 거인과 소인, 마녀, 사기꾼, 그리고 동물들, 동물들, 동물들.

이제부터는 그 책을 읽자. 절대 질리지 않을 거야. 아마 이제는 네 목소리가 나오지 않게 될걸.

미스터리물이 동화와 유사하다는 언급은 워낙 많았다. 같은 이유로 둘 다 대중적으로 인기가 많고. 사람 잡아먹는 거인 대신 연쇄 살인범이 나오는 것이다. 순수한 마음을 가진 인물—왕자나 기사나 성인 같은—은 아닐지 몰라도, 여전히 형사는 항상 고결하진 않아도 악을 벌하는 정의로운 인물이니까. 만사가 단순하다. 인물은 유형이다. 도덕률도 분명하다. 죄와 결백함은 뻔히 드러난다. 잔인함과 폭력이 수없이 등장하고 피가 낭자하고, 하지만 종국에는 악을 무찌른다. 사건이 종결된 뒤, 대체로 실제 삶에서는 찾아보기 힘든 그런 종결이 이루어진 뒤, 선한 편이 영원히 행복하게 살지는 못할지라도.

동화는 아름답다는 점에서만 다르지. 친구가 말했다. 동화는 숭고하지만 미스터리는 그렇지 않긴 하지.

또 다른 점이라면, 미스터리물과 달리 동화는 현실 도피적이지 않아. 익숙한 공식을 따르고 지나치게 단순화하기는 하지만, 동화 속 진실은 늘 아주 심오하지. 그래서 아이들이 좋아하는 거야. (눈에 보이지 않는 숨겨진 힘에 휘둘리는 것에 대해, 그리고 아무리 기이한 일이라도, 좋건 나쁘건 어떤 일도 일어날 수 있다는 데 대해 아이들보다 더 잘 아는 사람이 누가 있겠어.) 동화는 진짜야. 미스터리 소설보다 더 미스터리하지. 그래서 미스터리 소설과 달리—미스터리물은 원래 재밌게 읽고 잊어버리는 거니까—동화는 고전인 거야. 분비선이 아니라 가슴에 대한 거지.

나이 든 여성들 덕분에 동화가 살아 있다는 게 좋아. 어떤 지역의 동화를 수집해야겠다고 마음을 먹으면 사람들은 그 지역 노파들이 하는 이야기를 먼저 받아 적잖아.

제일 좋아하는 동화가 뭐야? 친구가 물었다.

백조가 나오는 건 다 좋아. 내가 말했다. 「여섯 마리 백조」의 등장인물은 여동생이 지은 마법의 셔츠를 입고 인간이 되지만 미처 완성하지 못한 셔츠라 한 팔이 여전히 백조의 날개였거든. 그 동화를 처음 읽었을 때 얼마나 그 인물이 되고 싶었는지 지금도 기억나.

별종이 되고 싶었구나.

글쎄, 그런 식으로 생각하진 않았어. 그냥 다른 존재가 되고 싶었던 거겠지. 백조로서의 존재가 얼마간 남아 있는 존재. 그게 내겐 정말 매력적이었어.

내가 궁금한 건 이거야. 친구가 말했다. 사람들이 스릴러물과 공포 소설을 그렇게 좋아하는 이유는 일상적인 삶에서 벗어나 소름 끼치는 범죄와 폭력의 세계에 빠져드는 재미 때문이라잖아. 맞지?

그렇지.

그러면 로맨스 소설에도 악취 풍기는 인간들과의 나쁜 섹스가 잔뜩 들어 있어야 하는 거 아닌가?

별로 논리적인 유추는 아닌 것 같은데.

그래, 됐어. 케모브레인이야! 책이나 계속 읽어줘.

거실에 함께 있을 때면 우리는 보통 소파에 나란히 등을 기대고 앉은 채 다리를 뻗어 탁자 위에 발을 얹어놓았다. 친구는 내게 붙어 앉았고, 때로 내 어깨를 베고 기대기도 했다. 내가 책을 읽는 동안 잠이 드는 경우도 여러 번 있었다. 그러면 책 읽기를 중단하고 가만히 앉아 있었다. 친구의 숨소리는 내 마음을 달래주다가 고통스럽게 하기를 반복했다. 그럴 때면 아버지 침대 곁을 밤새 지키던 때가 떠오르곤 했다. 아버지의 호흡은 점점 힘겨워져서 마치 방 안에 제대로 작동하지 않는 기계가 있는 것만 같았고, 그 기계 스위치가 툭 꺼지듯이 그렇게 숨이 멈췄을 때의 충격, 그리고 뒤이은 정적은 아버지의 숨소리보다, 어떤 기계보다, 내가 평생 들어온 그 어떤 소리보다 컸다.

우리는 집 뒤쪽 포치에 놓인 이인용 벤치에 같은 자세로 앉아 석양을 바라보는 것도 좋아했다. 때로 팔짱을 끼거나 손깍지를 꼈다. (접촉이 정말 중요해요.) 그런 순간이면 내가 친구에게 위안을 주려는 만큼이나 친구가 내게 위안이 된다고 느꼈다. 이따금 친구는 손을 잡고 있다가 아무 말 없이―어떤 말도 할 필요 없이―힘주어 꼭 쥐었는데, 그럴 때면 내 가슴을 꼭 쥐어짜는 것만 같았다.

금빛 시간, 마법의 시간, 뢰르 블뢰*. 변화하는 하늘의 아름다움을 보며 우리 둘 다 가만히 몽롱함에 잠기는 저녁 시간. 비스듬히 떨어지는 해의 빛이 잔디를 가로질러 올려놓은 우리 발에 닿는가 싶더니, 느리고 긴 축복처럼 우리 몸을 타고 올라오면, 만사가 아무 문제 없다고 당장이라도 믿을 수 있을 심정이었다. 달을 보라. 별을 세어보라. 거기 당신은 없는 모든 시간이. 그리고 영원히 존재할, 세상이 한없이. (조이스.) 한없이 풍요롭고 한없이 아름다운. 다 괜찮을 거야.

한번은 내가 책장을 넘기는데 내 어깨에 기대 있던 친구가 고개를 들고 내게 입을 맞췄다. 난 깜짝 놀라 웃었지만, 나도 입을 맞췄다. 농담할 기회가 오기만 하면 절대 그냥 넘어가는 법이 없는 친구는 베이비 제인** 역을 한 베티 데이비스의 말투를 흉내 내어 이렇게 우는소리를 했다. 지금껏 내내 우리가 연인 사이가 될 수도 있었다는 거야?

---

* L'heure bleue. 프랑스어로 '푸른 시간'이라는 뜻.
** 1962년 작 공포 스릴러 영화 〈제인의 말로〉의 주인공.

내가 너무 이기적이었어. 친구가 말했다. 네 생각은 전혀 안 했어. 일부러 안 하려 했던 것 같아. 하지만 이제 이곳에서 지내고 보니, 이제 이 모든 것이 벌어지고 있으니, (이 모든 것: 가차 없는 것, 형언할 수 없는 것) 죄책감이 드네.

있고 싶어서 있는 거야. 내가 말했다. 그리고 그 말을 하는 순간 그것이 전적으로 사실임을 깨달았다. 그 무엇도 나를 여기서 떠나게 하지 못할 거라고.

그런 뜻이 아니었어. 친구가 말했다. 너를 두고 가게 돼서 죄책감이 든다는 거야.

그런 일은 늘 있다. 어떤 극단적인 상황이나 위기, 긴급 사태, 특히 죽음이나 죽음의 위협과 관계된 상황에 빠져 있을 때, 전혀 모르는 타인들끼리도 강렬한 친밀감이 생겨나고 때로 이후에도 유대 관계가 지속되는 그런 일은 늘 있다. 재난이나, 거의 재난에 가까운 상황을 잠깐이라도 함께 겪은 뒤 살아남은 사람들은 이후 해마다 만남을 가지고, 그 만남은 그들이 공유하는 그 경험 이후로도 오래도록 이어진다. 이런 이야기도 있다. 어떤 두 사람이 함께 고장 난 승강기에 갇혔는데, 몇 시간 뒤 마침내 구조됐을 때 두 사람은 결혼 약속을 한 뒤였다. 그리고 영원히 행복하게 살았습니다. 음, 그렇진 않다. 약 일 년 뒤 두 사람은 파혼했지만, 그래도 좋은 친구로 남았을 거라고 믿는다.

네 생각은 전혀 안 했어. 친구가 말했다. 너한테 마음이 쓰이고 걱정이 되리라는 예상은 못 했어.

그 친구에게 이렇게 마음이 쓰이는 것—내 편에서도 그런 예상은 하지 못했다.

우리의 상황에 미묘한 점이 많았지만 장보기도 그 하나였다. 친구는 점점 먹는 데 관심이 없어져서 장 보러 가는 걸 전혀 좋아하지 않았다. 슈퍼마켓 안의 냄새 때문에 구역질을 할 때도 있었다. 매장 안이 늘 너무 추운 것도 힘들었고, 거대한 규모—무슨 공항이냐, 망할. 그렇게 말했다—때문에 들어서자마자 진이 빠졌다. (나로 말하자면, 난 거대한 슈퍼마켓에 들어설 때마다 인라인 스케이트라도 타고 싶었다.) 그래서 난 대개 혼자 갔다. 하지만 앞으로 얼마 동안이라는 끔찍한 질문을 건드리지 않고선 식료품이 얼마나 필요할지 계산할 수가 없었다. 그래서 난 백 살 먹은 할머니처럼 멍하게 비칠대며 통로를 왔다 갔다 하곤 했다.

게다가 수치스러움도 있었다. 거의 아무것도 내 식욕을 막진 못해서, 무슨 이유에서인지 (어쩌면 아주 명백한 이유로) 그곳에 사는 동안 늘 배가 고팠다. 친구와 함께 하는 식사는 매번 같은 식이었다. 친구는 음식에 거의 손을 대지 않고 난 깨끗이 먹어치우고. 난 군것질도 했다. 굳이 재어보지 않아도 몸무게가 늘고 있다는 걸 알았고, 창피했다. 비록 도넛이나 아이스크림 같은 것을 실컷 먹는 일은 애써 참았지만 그런 것들이 너무 먹고 싶어서 창피했다. 게걸스러운 나의 식욕이 내게는 죽어가는 친구를 향한 모욕으로 느껴졌다. 건강식을 먹으면서도 자주 소화불량에 시달린 것도 놀랄 일은 아니었다.

타는 듯이 뜨거운 날씨에도 종종 한기에 시달리던 친구가 내가 장 보러 나간 어느 날 오후 목욕을 하겠다고 마음먹었다. 그리고 그날 친구는 특히 더 심한 피로감에 시달렸다. 친구는 욕조에 누워 물이 차오르기를 기다렸다.

난 난파당한 후 뗏목을 타고 표류하는 사람처럼 얼이 빠진 채 몸을 부들부들 떨며 침대 위에서 무릎을 끌어안고 앉은 친구에게 물을 철벅거리며 다가갔다.

잠깐 눈을 붙이려고 했을 뿐인데. 이를 딱딱 부딪치며 친구가 말했다.

난 침대로 올라가 젖은 발을 깔고 앉았다. 표류하는 두 사람.

이렇게 될 일은 아니었어. 친구가 말했다. 평온하고 싶었을 뿐인데. 평온하게 죽고 싶었는데, 이렇게 악몽이 되었잖아. 무슨 소극笑劇처럼. 추하고 굴욕적인 소극이야.

그러고는 격한 울음이 터져 나와 더 이상 말을 잇지 못했다.

그래도 내겐 그 말이 들렸다. 난 강해지고 싶었어. 내가 알아서 제어하길 바랐어. 가능한 한 세상에 누를 끼치지 않고 내 식대로 죽고 싶었다고. 평온함을 바랐어. 질서 정연함을 바랐고.

주변이 평온하고 질서 정연하기를 바랐을 뿐인데.

차분하고 말끔하고 품위 있고, 심지어—안 될 게 뭐야?—아름다운 죽음.

내가 생각한 건 그것이었는데.

어느 멋진 여름 밤, 풍광 좋은 마을의 훌륭한 집에서 맞는 아름다운 죽음.

그것이 친구가 스스로 마련한 끝이었다.

네 잘못이 아니야. 내가 말했다. 물론 내 잘못도 아니었다. 그런데도 왜 그 누구도 아닌 바로 내게 오롯이 잘못이 있는 듯한 기분을 떨칠 수가 없었을까?

거기 앉아 친구를 위로하면서 무엇을 해야 할지 생각해내려 했다. 호스트에게 뭐라고 설명하지? 끔찍이도 하기 싫은 일이었지만 한시도 미룰 수 없었다. 그들이 보험회사에 즉각 연락해야 할 테니까.

한 커플이 거실에 앉아 TV를 보는데 난데없이 천장이 쩍 갈라지며 위층 욕조에서 흘러넘친 물이 폭포처럼 쏟아져 내린다. 두 사람이 너무 놀라 머리를 감싸 쥐고 벌떡 일어나는 순간, 현관문이 열리며 유니폼을 입은 매력적인 젊은이들이 미소를 띠고 걸어 들어온다. 집주인들이 홀린 듯 멍하니 있는 사이 그 팀은 즉시 작업을 시작해 엉망이 된 집 안을 말끔히 치우고 새집처럼 싹 고쳐놓는다. 그들이 떠나고 문이 닫히자, 커플은 주문에서 깨어나고 집에 무슨 일이 있었다는 것조차 의식하지 못한다. 애초에 그런 일이 일어나지도 않았던 것처럼. 그것이 그 회사의 약속이었다. 난 그 TV 광고를 여러 번 봤고, '화재와 누수: 청소 및 복구'라고 옆면에 적힌 트럭도 본 적 있다. 그리고 이제 몽롱한 정신에 그 광고가 머릿속에서 계속 이어지며 동화 속 마법같이 해결되길 희망을 걸어보는 것이다.

그사이 친구는 횡설수설하고 있었다. 여기 오는 게 아니었어. 멍청한 생각이었어. 환상이지. 이렇게 엉망이 될 줄 알았어야지. 부당해. 빌어먹을, 부당하다고.

잠시 말이 없던 친구가 고함을 지르는 바람에 생각에 잠겨 있던 내가 화들짝 깨어났다. 평생 이렇게 불행한 적은 없었어! 나 자신이 너무 싫어!

절망에 빠져 죽다. 그 구문이 문득 떠올랐고, 방 안의 물이 전부 얼어붙는 듯했다.

그런 일은 있어서는 안 돼. 그런 일이 벌어지게 하면 안 돼.

친구는 이제 악을 쓰고 있었다. 오, 이게 뭐야. 이게 대체 뭐냐고.

그게 사는 거야. 그런 거야. 무슨 일이 있건 삶은 이어진다. 엉망의 삶. 부당한 삶. 어떻게든 처리해야 하는 삶. 내가 처리해야 하는. 내가 아니면 누가 하겠는가?

3부

작가가 쓰는 모든 것이 쉽게
다른 식이 될 수는 있겠지만
그건 일단 쓰고 나서야 그러하다.
삶이 다른 식이 될 수도 있었겠지만,
일단 살고 나서야 그러하듯이.

— 잉에르 크리스텐센

1

내가 쓰려고 했던 일기, 친구의 마지막 날들의 기록―그건 이루어지지 못했다. 시작은 했지만, 매번 바로 멈춰버렸다. 몇 쪽을 쓰긴 했지만 저장하지도 않았다. 결국 글로 쓴 기록을 남기고 싶지 않다는 것을 깨달았다. 믿을 수가 없어서인 것 같았다. 처음부터 배신행위로 느껴졌다. 친구의 사생활에 대한 배신행위가 아니라 경험 그 자체에 대한 배신행위. 내가 아무리 기를 써봐야 언어는 전혀 만족할 만한 것이 못 되어서, 실제 벌어지는 현실을 결코 정확히 담아내지 못할 것이다. 겨우 무언가 묘사해내더라도 기껏해야 결국 실재의 옆자리를 차지할 뿐임을, 문을 열면 언제 나갔는지도 모르게 나가버리는 고양이처럼, 실재 자체는 어느새 나를 지나쳐 빠져나가버릴 것임을 시작하기도 전에 알았다. 적확한 단어를 찾아내는 것과 관련해 그럴듯한 이야기야 많지만, 가장 중요한 것들에 대해서, 그런 단어들은 절대 찾아낼 수 없다. 놓아야 할 곳에 차례로 단어를 내려놓지만, 그것은 삶이 아니다. 그것은 죽음이 아니다. 차례로라니, 아니, 그건 전혀 맞지 않는다. 가장 중요한 것들을 언어로 담아보려 아무리 기를 써봐야, 언제나 나막신을 신고 발레를 하는 꼴이다.

안다. 늘 그렇듯이 언어란 결국 모든 것을 변조해버릴 것이다. 작가는 이 점을 너무 잘 알고, 누구보다 잘 안다. 그래서 좋은 작가들이 문장을 만들기 위해 그렇게 피와 땀을 흘리고, 최고의 작가들은 문장을 만들기 위해 몸이 부서지는 일도 마다하지 않는다. 찾아낼 수 있는 진실이 있다면 거기서 찾아내게 될 거라고 믿기 때문에. 내용을 전달하는 방식이 그 내용보다 더 중요하다고 믿는 그런 작가들—이들만이 내가 계속 읽고 싶은 작가이고, 나를 고양시키는 작가이다. 이제 도대체 읽을 수가 없는 책들은—

그런데 내가 왜 이런 얘기를 하고 있는 거지?

언어는 모든 것을 변조할 수 있다. 그렇다면 진실하지 않은 자료, 나중에 그것을 읽는 사람들이—심지어 나조차도—진실로 받아들일 (잘못 받아들일) 수 있는 문서를 왜 만들어내겠는가?

또 다른 문제도 있었다. 일기를 적는 일이 내가 기대한 만큼 내게 안정과 위안을 주지 못했다. 나를 달래주지 못했다. 오히려 무력감을 안겨줬다. 멍청하다는 느낌만 들었다. 멍청하고 한심하다는 느낌. 불안만 가득 차올랐다. 난 얼마나 형편없는 작가가 된 것인지.

우리가 지금껏 바벨탑 이야기를 잘못 이해해왔다면? 전 애인이 그 주제로 글을 쓴 적이 있다. 보라, 인간들이 한 무리라 하나의 말을 쓰는구나. 이것은 안 될 일이다. 신이 말했다. 저렇게 하나라면, 인간들이 이름을 드높이기 위해 도시를 만들고 하늘에 닿는 탑을 짓는 데 성공할 수도 있다. 정말이지, 전지전능한 그분은 공통된 언어가 있으면 인간이 하지 못할 일이 없다는 것을 알았다. 이 끔찍한 일을 막는 방법은 하나의 언어 대신 여러 언어가 존재하도록 하는 것이다. 그래서 그렇게 하셨다.

그런데 실은 신이 거기서 더 나아간 거라면. 서로 다른 언어가 단지 서로 다른 종족에게만 주어진 것이 아니라, 마치 지문처럼, 개별 인간들에게도 주어진 거라면. 그런 다음, 인간의 삶에 훨씬 더한 분쟁과 혼란을 초래하여 인간들이 그 사실을 인식하지도 못하게 만들고. 그래서 우리는 세상에 서로 다른 언어를 사용하는 많은 민족이 있다는 점은 납득할 수 있지만, 한민족 내에서는 같은 언어를 사용한다는 잘못된 생각을 갖게 된 것이다.

전 애인에 따르면 이것으로 인간 고통의 많은 부분을 설명할 수 있다고 했다. 농담이라고 여기겠지만, 그저 농담이 아니었다. 정말 그러하다고 믿었다. 우리는 각자 다른 언어를 지녔으므로 그 뜻이 저 자신에게는 분명하지만 다른 사람들에게는 그렇지 않다는 것이었다.

사랑하는 사람들끼리도? 미소를 띠며, 떠보듯이, 기대하면서, 내가 물었다. 우리가 막 사귀기 시작했을 때였다. 그는 그저 미소만 보였다. 하지만 몇 년 후, 쓰라린 헤어짐의 순간에 쓰라린 대답이 나왔다. 사랑하는 사람들이 가장 그렇지.

글을 쓰는 중에 거듭 컴퓨터 화면을 닦고 있으면 자신의 언어가 분명하지 않다는 사실을 깨닫는다고 어떤 저널리스트가 말하는 것을 들은 적 있다.

이상적인 산문은 유리창처럼 맑고 깨끗해야 한다던 오웰의 말이 떠올랐다.

학교 선생님의 작문 연습 교재에 이렇게 쓰여 있다. 창밖을 보세요. 무엇이 보이나요?

내가 창밖을 봤을 때, 거기엔 여전히 괴물이 있었다.

지금까지는 일기를 쓰지 않은 것을 후회하지 않았다. 아마 언젠가는 후회하리라 생각하지만. 다른 한편, 난 자기 어머니가 세상을 뜨기 전 몇 달 동안 함께 나눈 대화를 기록한 벨기에 영화감독 샹탈 아케르만의 영화 〈노 홈 무비〉를 계속 떠올리고 있다. 우리는 모두 위대한 영화감독이 될 수도 있다.

영상을 찍어서 자신이 세상을 뜬 후에 한 사람이나 여러 사람의 지인에게 배달되도록 하는 것이 지금 일종의 유행인 건 안다. 장례식에서 보여주려고 찍기도 한다. 까닭은 잘 모르겠지만, 그런 일을 과연 가식적으로 느껴지지 않게 할 수 있을지 상상하기 힘들다.

친구가 내게 말한 팟캐스트. 병원 사회복지사의 요청으로 출연하여 불치의 병에 걸린 자신의 상태를 묻는 질문에 대답한, 나중에 후회했다던 그 팟캐스트. 예상한 바이지만 친구가 말한 정도로 안 좋진 않다. 나도 모르게 몇 번인가 움찔하지만, 적어도 친구의 말처럼 '탈선했다'고 표현할 정도는 아니다. 뭐가 제일 그립겠어요? 그리울 게 뭐가 있겠어요, 어차피 죽었는데. 감정도 없을 텐데. 나직하고 새된 웃음소리.

짜증 난 말투다. 정말 짜증을 내고 있다. (멍청이들을 못 참는다는 말을 내가 얼마나 많이 들었는지.)

한 가지 놀란 일. 스스로 목숨을 끊을 생각을 해본 적 있냐는 질문에 친구는 전혀 주저하지 않고 없다고 한다. 사실 친구는 암 진단을 받은 그날부터 내내 그 생각을 하고 있었는데도.

후회는요?

딸과 더 많은 시간을 보내지 못한 것도 아니고, 딸과의 관계를 바로잡지 못한 것도 아니고, 아이를 하나 더 낳지 않은 것이다. (분명 두 가지 의미로 읽힐 수 있는 말이다.)

'버킷 리스트'라는 말을 얼마나 끔찍이도 싫어하는지. '말기'보다 '치명적'을 얼마나 더 좋아하는지. 내세를 믿지 않을 뿐 아니라 내세를 믿는 사람이 그렇게 많다는 사실이 너무나 놀랍다고 한다.

아마 친구가 후회한 건 자신의 말투였을 것이다. 화를 내거나 억울해하는 투로 들리길 원치 않았으니까. 자신의 죽음을 두고 감정적으로 되는 것은 부적절하다고 (내가 움찔했던 순간 중 하나가 친구가 이 표현을 썼던 때다) 했다. 끝까지 친구는 금욕적인 평정심이라는 이미지를 고수했다.

어차피 듣기 시작했으므로 난 거기에 빠져 그 시리즈의 다른 편도 듣는다. 놀랄 것도 없이 참가자 대부분이 (사회복지사도 그렇듯) 여자이다. 남자들보다야 여자들이 언제나 자신의 감정을 기꺼이 털어놓지 않던가? 그러니 불치의 병에 걸려 죽음을 앞둔 상황에 대해서 기꺼이 털어놓지 않을 이유가 뭐가 있겠나? 게다가 대부분은 노인들이었고, 다들 알다시피 나이 든 남자들은 대체로 말수가 적으니까—특히 전쟁에 나갔다 온 경험이 있다면 더더욱. 또한 내 생각으로는, 다른 사람을 위해 어떤 일을 해달라는 부탁을 받았을 때, 대단히 열정적으로 나서진 않는다고 해도, 대개 남성보다는 여성이 부탁을 들어주는 경향이 큰 듯하다. (죽음을 앞둔 사람들에게 인터뷰나 설문 조사 등을 요청하는 연구는 결코 적지 않은데, 그에 대해 논쟁이 좀 있는 모양이다. 그러잖아도 살날이 얼마 남지 않은 사람들의 시간을 그런 식으로 빼앗는 게 과연 윤리적인지, 묻는 이들이 있다.)

팟캐스트를 듣자니 다들 놀랍도록 분위기가 닮았다. 받아들이건 그러지 못하건, 공포가 있다. 고통에 대한 공포. 어둠에 대한 공포. "순순히 떠나는" 사람들조차 "좋은" 부분을 완전히 확신하지 못한다.* (시인이 이 시를 보여주지 못했던 단 한 사람이 바로 이 시의 영감이 되었고, 시에서 시인이 호명한 바로 그 인물이었을 것이다. 왜냐하면 딜런 토머스의 부친은 자신이 살날이 얼마 안 남았다는 사실을 몰랐기 때문이다.) 참선보다는 불안감이 훨씬 더 많이 들려온다. 인터뷰를 한 사람들은 하나도

---

* 딜런 토머스의 시 「그 좋은 밤으로 순순히 떠나지 마세요(Do not go gentle into that good night)」를 인용한 것.

빠짐없이 누군가 죽는 것을 지켜본 경험이 있다. 버킷 리스트와 마지막 소망은 소박하다. 크리스마스를 한 번 더 보낼 수 있기를. 봄을 한 번 더 맞을 수 있기를. ("마지막으로 손주들과 휴가를 갔으면 좋겠어요." "아들이 법학대학원을 졸업할 때까지 살 수 있다면." "집수리가 끝날 때까지만.") 당연히 과거를 곱씹는 사람들도 몇 있다. ("엄마 얼굴이 계속 떠올라요." "이혼 후 지금까지 내 속에서 들끓던 분노가 이젠 사라졌어요.") 뒤에 남겨질 사람들에 대한 걱정과 서글픔. 그들의 죽음이 그들 자신에게보다 남겨진 사람들에게 더 힘겨운 일이 될 테니까. ("아이들이 이렇게 어리지만 않다면." "남편은 부엌이 어디 있는지도 모를 텐데. 굶어 죽을 텐데." 그리고 고양이들은 또 어떻고?)

자기연민은 없었는데, 어린 자식들을 둔 어머니 하나만 예외다. 그는 자신은 모든 걸 "제대로" 했다고 장담한다. 누구에게 해를 끼친 적도 없고 규칙을 따르며 살았다고. 난 좋은 사람이었어요. 그런데 왜 내가 왜 내가 왜 내가.

유머도 없었는데, 자신의 묘비명에 집착하는, 목이 쉰 듯한 쉰 살 남자만 예외다. 그는 묘비명으로 쓸 만한 좋은 말을 많이 들었지만, 가장 좋아하는 것은 "곧 보자"라고 한다. 누가 전에 썼더라도 쓸 수 있나요? 그가 묻는다. 아니면 표절이 될까요?

마치 그 일로 고소를 당하기라도 할 것처럼.

시집 『묘비명을 표절한 남자』. 내 친구가 정말 좋아할 법한 제목이다.

버킷 리스트bucket list는 물론 '죽다'를 뜻하는 관용어 '버킷을 차다kick the bucket'에서 왔다. 하지만 '버킷을 차다'의 유래는 아무도 모르는 것 같다.

버킷이 무슨 상관이 있을까? 그리고 그걸 왜 찰까? 버킷 안에 뭔가 있는 걸까? (내 친구가 한 말.)

내가 늘 생각한 바는, 죽어가는 말馬과 관련이 있다는 것이다. 죽어가는 말이 쓰러지면서 제 버킷을 찬다. 하지만 그와 관련된 자료는 찾을 수가 없다.

빈 버킷을 들고 가는 사람을 보면 나쁜 징조라는 러시아 미신과 관련이 있을까?

모르겠다고 답한 한 여자와 내 친구를 뺀 나머지는 사랑하는 사람들을 다시 만날 거라고 믿는다. 지옥에 갈까 두려워하는 사람은 하나도 없다는 사실을 알아채는데, 이번이 처음도 아니다. 사르트르의 말에 동의한다면, 지옥이란 타인이다. 대부분 사람들에게는 지옥은 확실히 다른 사람들에게 해당되는 곳이지 절대 내가 갈 곳은 아니다. 내가 다시 만나길 바라는 사람들이 갈 곳도 아니고. 핵전쟁이나 기후변화로 인한 지구 생명의 멸종이 그렇듯이, 끝 모를 공포와 고통의 가능성을 담은 내세란 너무 끔찍해서 차마 소화할 수가 없는 것 같다.

캘리포니아, 잃어버린 낙원. '캠프 파이어'*로 마을이 잿더미로 변한 후 한 논설위원은 이렇게 적었다. "인간의 상상력으로 영원한 심판의 장소를 불바다로 형상화한 것과 인간의 어리석음으로 갈수록 심해지는 폭염과 산불의 미래를 만들어낸 것을 뜻밖에 맞아떨어지는 두 지옥으로 여기는 사람이 적어도 얼마쯤 있을 것이다."

죄책감이 들긴 하지만 난 은연중 팟캐스트가 좀 더 재미있었으면 하고 바란다. 그들이 늘어놓는 이야기가 지루해지고 기분도 엉망이 되면서 (정직한 상담치료사라면 환자들이 털어놓는 이야기를 들으며 졸음과 싸우는 경우가 얼마나 많은지 얘기해줄 테지만 말이다) 그들이 진정 생각하고 느끼는 바가 아니라 다른 사람들이 듣기 원하는 이야기를 하는 게 아닌가 하는 의구심이 들지 않을 수 없다. 그러니까, 받아들일 만하고, 적절한—어울리는 것.

우리가 살면서 수행하는 다른 역할과 마찬가지로 죽음 역시 하나의 역할극이다. 거북한 생각이긴 하다. 혼자 있을 때가 아

---

* 2018년 캘리포니아에서 일어난 대화재. 처음 발화한 지역인 캠프 크리크 로드의 이름을 따서 '캠프 파이어'로 부름.

니라면 그 어느 때도 진정한 자신의 모습은 아니다. 하지만 죽어갈 때 혼자이기를 원하는 사람이 누가 있는가?

하지만 어디선가, 누군가는 죽음에 대해 독창적인 말을 해줬으면 하는 것이 너무 무리한 요구일까?

암 진단을 받고 얼마 지나지 않아 내 친구는 집단치료에 몇 번 참여했다. 병원 암센터 내에서 있었지만, 전문 상담사나 전문적인 교육을 받은 사람이 주도하는 게 아니라 환자들끼리만 모였다. 결국 다들 하는 말이 똑같았는데, 별로 놀랍지도 않았다고 친구가 말했다. 어차피 병이란 공통된 경험이니까. 그러니 다들 같은 식으로 반응하지 않을 까닭이 있어?

나와 비슷한 때에 집단치료에 참여한 여자가 하나 있었어. 나이는 예순 살쯤 됐고, 불가리아에서 태어났어. 고등학교 때부터 미국에 살았지만 말할 때 여전히 외국인 억양이 있어. 부모는 불가리아 사람이지만 미국에서 태어난 남자와 결혼해서 사십 년을 살았어. 남편은 평생 건물 감독관으로 일한 후 퇴임했대. 그 여자는 치과 조무사였어. 자식 셋은 다 컸고. 처음엔 남편과 사이가 좋았다고 그 여자가 말했어. 결혼 초의 달달한 기억들을 들려주었지. 결혼식을 하고, 연달아 아이 셋을 낳고—다들 건강하고 아름다웠고—그렇게 하나 둘 셋, 소원이 이루어지는 것만 같았대.

하지만 그 부부는 오래전에 사이가 벌어졌다는 거야. 결혼 이후 대부분 잘 지내지 못했대. 사실 집이 늘 전쟁터여서 아이들이 나이가 차서 독립하면서 기뻐했다고 털어놓더라고. 이후 싸움은 줄어들었지만 갈수록 각자의 삶을 살았다고 해. 각방을 쓰고, 식사를 항상 같이 하지도 않았고. 하루가 다 가도록 거의 한마디도 나누지 않은 적도 있고. 그래도 '좋을 때나 궂을 때나'라고 서약을 했고, 게다가 그들은 가톨릭 신자였어. 이혼이란 있을 수 없는 거지.

한참이 지나서야 내가 심각한 병에 걸렸다는 걸 알게 됐어요. 여자가 집단치료에서 말했다. 처음에는 아무도 암을 입에 올리지 않았죠. 그런 증상이야 궤양이나 위산 역류 때문일 수도 있고, 그저 근육이 결려서 생길 수도 있으니까. 진실은 한꺼번에 밀려왔어요. 검사를 거듭할수록 더 나쁜 소식이 전해졌죠. (모인 사람들이 무겁게 고개를 끄덕였다. 흔한 일이었다.) 처음 남편이 보인 반응은 대체로 짜증이었어요. 집사람은 늘 건강염려증이 있었다고 의사에게 말하더라고요. (전혀 근거 없는 말은 아니었다고 여자가 기꺼이 인정했다.) 자기도 위산 역류가 있는데, 그게 뭐 대수라고? 여기저기 쑤시고 아프고―나이가 나이이니만큼 이젠 어쩔 수 없지 않나. 그런데 암이라고 분명하게 진단이 나오자 남편의 태도가 달라졌다고 여자가 말했다.

처음에는 허황된 상상인 줄 알았죠. 애들도 그런 거라고 하고. 지금 엄마의 상태를 고려하면 당연하지 않겠냐면서요. 충격. 두려움. 케모브레인이라는 잘 알려진 장애는 말할 것도 없고요.

하지만 상상이 아니었어요. 충격을 받아서도, 두려워서도, 케모브레인 때문도 아니었죠. 전이성 췌장암이라는 병에 대한 설명을 들을 때 남편의 얼굴에 화색이 돌더라고요.

갑자기 내 옆에 있을 때면 늘 기분이 좋은 거예요. 아, 내가 고통스러워하는 걸 즐겼다는 게 아니에요. 그런 괴물은 아니에요. 그리 좋은 남편은 아니었지만, 언제나 예의는 지키는 사람이었어요. 하지만 자기 감정을 숨길 수 없었던 거죠. 내게는 숨길 수가 없죠. 난 내가 있는 병동의 환자들을 찾아오는 사람들을 보곤 했어요. 그들의 얼굴을 보면, 또 내 아이들이나 친척, 친구의 얼굴을 보면, 어디에나 똑같이 슬픔과 두려움이 스며 있어요. 하지만 남편에게서는 그런 표정을 본 적이 없어요. 눈물을 보인 적도 없고. 한번은 남편이 내가 잠들었다고 생각하고 있을 때, 남편을 지켜본 적이 있어요. 남편은 창가의 의자에 다리를 꼬고 앉아서 한쪽 다리를 흔들고 있었죠. 하늘을 향해 고개를 든 채로 창밖을 뚫어지게 보고 있었는데, 그 얼굴에 나타난 표정은 만족스러움, 지금 상태에 꽤 만족하는 사람의 표정이었어요. 그러더니 다리를 쭉 펴고 깍지 낀 손으로 뒷목을 받치며 의자에 기대더라고요. 이제 천장을 살펴보고 있었어요. 몇 분 뒤, 길게 숨을 내쉬는 그의 얼굴에 문득 미소가 번졌다는 것이 그 여자의 설명이었다.

친구의 말로는, 여자는 남편에게 이제 병원에 오지 말라고, 근처에도 얼씬하지 말라고 하고 싶었다고 한다. 내가 모를 줄 아느냐, 누구보다 당신을 잘 아는데—함께 사십 년을 살았는데 당신 감정도 못 알아채겠느냐. 그렇게 말하고 싶었다고. 내가 그 사람을 속속들이 다 아는데. 여자가 말했다. 그가 마음속으로 자유다라며 쾌재를 부르는 걸 다 아는데.

하지만 그럴 수가 없었다고 했다. 친구의 말로는, 그런 식으로 남편에게 들이대기가 겁이 났다고 여자가 말했다고 했다. 사실은 안쓰러웠다고 했다. 남편이 너무 창피해서 연민이 느껴졌어요. 여자가 말했다. 자기 감정을 숨기려고 애쓰지조차 않아서 너무 미웠지만 어쩌면 그저 숨길 수가 없는 거구나 싶기도 했고요. 아마 스스로도 그 사실을 알지 못하고, 자기 감정을 부인하고 있는지도 모르죠. (딱 그 사람다워요.) 그러니 불같이 화를 냈겠죠, 만약 제가—

여기서 그 여자는 마음을 가라앉히기 위해 말을 멈췄다.

지금까지 함께해온 삶을 생각해보면, 결혼 생활이 결국 끔찍이 불행해졌고, 떠올릴 만한 행복한 순간도 별로 없다는 걸 생각해보면 이해할 만하다고 할 수밖에요. 여자가 말을 이었다. 아마 입장이 바뀌었더라면 저도 마찬가지였을 거예요. 불행한 결혼 생활에 매인 많은 사람들이 상대가 세상을 뜰 때 아마 안도감을 느꼈을걸요. 아마 어쩔 수 없이 그렇게 느껴지는지도 몰라요―그리고 아마 그런 감정을 숨길 수 없는 건지도 모르고요. 그래서 나 자신에게 물었죠. 너무나 무참하긴 하지만, 그렇다고 그게 범죄 행위인가? 생각해보면 내가 주장하는 게 뭔가? 남편이 연기를 더 잘해야 한다고? 거짓말을 더 잘해야 한다고?

남편이 필요했어요. 여자가 말을 이었다. 전 병약했고, 오래도록 무기력하게 가만히 누워 있을 수밖에 없었으니까. 자식들에게 짐이 되고 싶지 않았어요. 다들 직장도 있고, 자기 가족도 있고, 저마다 힘겹게 살아가고 있으니까. 누군가 절 돌봐야 했는데, 분명 쉽지 않은 그 일을 바로 남편이 하고 있었죠. 그리고 불평도 하지 않았어요.

그래서 내가 말한 대로 남편은 이제 늘 기분이 좋아요. 늘 명랑하고, 나를 위해 이런저런 일을 해주는 것이 아주 행복해서 이따금 나지막하게 흥얼거리거나 휘파람을 불기도 하죠. 그러면서 내가 얼마나 힘든지도, 진실을 알고 있다는 것도 전혀 모르죠. 내가 안다는 걸 남편은 전혀 몰라요. 여자가 되풀이했다. 내가 안다는 걸.

친구의 말에 따르면, 그 여자의 말투는 기이하게 부자연스럽고 단조로웠다고 한다. 시선을 내리깔고, 보이지 않는 원고를 읽듯이, 그 역할을 따낼 수 있다는 기대라고는 없이 오디션을 보는 듯이. 하지만 다들 숨죽이고 그 말을 들었어. 친구는 말했다. 숨소리도 들릴 정도로 고요했고. 당연히 다들 그 여자의 말에 아연실색했지. 여자의 말이 끝나자 다른 사람들이 의견을 말했어. 다는 아니고. 나처럼 전혀 말을 하지 않는 사람들도 몇 있었지만 (정말이지 그 딱한 여자에게 대체 무슨 말을 할 수 있을지 난 전혀 알 수가 없었어) 나온 의견은 모두 같았어. 여자가 잘못 알았다는 거지. 분명 아이들―어쨌든 자식들도 자기 아버지가 어떤 사람인지 아니까―말이 맞는다고. 자기들이 보기엔 여자의 생각이 완전히 틀렸으니 아이들 말을 들어야 한다고. 남편의 행동은 달리 설명할 수 있다. 너무 명백하지 않나? 남편은 그렇게 나름대로 상황에 대처하고 있는 것이다. 그런 일은 늘 있지 않나? 사람들이 대개 보이는 모습이지 않나? 밝은 표정을 짓고 아무 일도 없는 듯이 행동하고 명랑한 모습을 보이고 눈물은 보이지 않고―왜 그러겠나? 그래야 환자의 마음이 편하고 환자의 기운을 북돋울 수 있다고 보기 때문이다. 남편도 바로 그런 거라고 그 자리에 있던 사람들이 여자에게 설명했다. 사악한 면이라고는 전혀 없다. 게다가 남편이 잘 보살피고 있다고 하지 않았는가. 늘 곁을 지키고 더 바랄 나위 없이 모든 일을 해주고, 그것이 남편의 사랑을 증명하는 확고한 증거가 아니라면—

여자는 그들의 말을 반박하려 하지 않았어. 친구는 말했다. 사실 전혀 대응하지 않았어. 여전히 눈을 내리깔고 얼굴에 어정쩡한 뒤틀린 미소를 띤 채로 이따금 고개를 끄덕이는 일 말고는. 난 알아.

봐, 그 여자는 어려운 일을 해낸 거야. 친구가 내게 말했다. 진실을 똑바로 대면했고 움찔하며 물러서지도 않았어. 형언할 수 없는 그 일을 입 밖으로 꺼냈고 상황을 정확하게 짚었지. 그런데 그 사람들은 다들 그 여자가 스스로의 판단을 의심하도록 분위기를 몰고 갔어. 그들은 솔직하지 않았어—그 여자에게도, 자신들에게도. 진실을 받아들일 수 없었기 때문에 헛소리를 지껄여 덮어버려야 했던 거지.

그 치료 시간에 그런 일이 벌어진 게 그때가 처음도 아니야. 친구가 말했다. 언제나 한결같이 공허한 조언에, 긍정적인 사고의 힘이니, 일어날 기적이니, 포기하면 암에게 지는 것이니 그래서는 안 된다는 식의 하나같이 상투적인 말들. 그 모든 것들을 보니 사람들이 현실을 받아들이기가 얼마나 힘든지 새삼 알겠더라. 친구가 내게 말했다. 모래 속에 고개를 처박고 보지 않거나 만사를 감상적으로 만들어야 할 필요가 어마어마하니까.

그 모든 얘기에서 나는, 친구의 딸이 밖으로 표시는 안 해도 분명 애정이 있을 거라는 주장을 들을 때마다 내 친구가 얼마나 짜증스러워했는지 떠올랐다. (자식들은 모두 엄마를 사랑하지. 그거야 다들 알지.)

집단치료를 받는 동안 힘이 되기는커녕 오히려 반대로 소외된 느낌이었다고 친구는 말했다. 그 여자가 자기 생각을 털어놓았던 그날, 아주 진절머리가 나더라. 그 후로는 가지 않았어.

그리고 나중에 그 여자가 세상을 떴다는 소식을 들었을 때 예전의 분노가 다시 한꺼번에 솟구쳤어. 친구가 말했다. 지독히 잘못됐잖아. 그 사람의 감정을 그렇게 부정해버렸고, 정말 도움이나 위로가 될 말이라고는 다들 한 마디도 꺼내지 못했다고. 그 여자를 생각할 때마다 어떤 느낌이냐면, 수치스러워서 역겨워. 그 여자가 세상을 뜨기 전에 누구라도 그 사람을 진정 본 적이 있었을까, 그 의문이 떠나질 않아. 그 사람을 본 적이.

이것은 내가 지금껏 들은 가장 슬픈 이야기다.

여자와 관련해 내가 궁금한 것은 이것이다. 세상을 뜨기 전에 그는 과연 마음을 바꿔 남편과 맞서긴 했을까?

당신의 삶의 의미는 무엇인가요?

“가족.”

“사랑.”

“옳은 일을 하는 것.”

“좋은 사람이 되는 것.”

“긍정적인 마음으로 꿈을 좇는 것.”

삶의 의미는 삶이 끝난다는 것이죠. 물론 그 답을 생각해낸 건 작가일 거예요. 당연히 그 작가는 카프카겠죠.

아니, 당신 자신에게는 무엇이냐고요. 사회복지사가 말한다.

그게 내 생각이에요. 카프카와 같아요.

하지만 질문은 당신 삶의 의미가 무엇이냐는 거예요.

끝난다는 것이라고요. 친구가 말한다. 카프카가 말했듯이요. (나직하고 새된 웃음소리.)

우리 부부는 이미 오래 살았어요. 집주인이 내게 말했다. 그러니 당연히 비극적인 일도 겪었지요. 아이 하나가 아주 어릴 때 뇌막염으로 죽었어요. 우리 나이쯤 되면 일가친척이나 친구가 세상을 뜬 일도 많죠. 그리고 당신에게만 하는 말이지만, 우리 역시 심각한 병을 여러 차례 겪었어요. 집에 물이 찬 거야 정말 나쁜 일에 들지도 않아요. 올해 안에 그보다 나쁜 일이 일어나지 않는다면 오히려 행운이겠죠. 집을 빌려주면 그 정도 위험은 감수하는 거고, 당연히 보험에 들었어요. 위층 화장실이 아니었으니 정말 다행이에요. 그랬으면 피해가 훨씬 컸을 테니.

　우리는 통화를 하고 있었다. 전화를 끊기 전에 문득 거실의 그림에 대해 묻고 싶은 마음이 들었다. (우리를 보살핀다고—하! 집을 비울 때 친구가 그쪽으로 손가락 욕을 하며 말했다.) 집주인은 어떤 자산 경매에서 샀다고 말했다. 우리 둘 다 그 그림에 마음이 끌렸지요. 거실에 걸으니 처음엔 너무 압도적이라 괜히 샀다고 생각했어요. 그런데 결국 좋은 대화거리가 되어주었죠. 하지만 아내는—아니요, 아내는 전혀 그렇게 생기지 않았어요. 남자는 그렇게 말하고는 피식 웃었다.

　당신이에요? 손해사정사가 그림을 보고는 내게 물었다.

2

　내가 일기를 썼다면, 우리가 말을 안 하게 된 것이 정확히 언제부터인지 말해줄 수 있었을 것이다. 그때 우리는 친구의 아파트에 편히 자리를 잡고 있었다. 주택에서 살다 오니 아파트가 좁게 느껴졌지만, 거기에도 역시 내 방이 마련되었다. 짐을 풀고 정리를 한 후—역시 얼마 동안이 될지 모르는 채로—같은 일과가 시작됐다. 난 장을 보러 다녔고 필요한 다른 볼일도 봤다. 아파트를 떠날 때 친구는 앞으로 돌아올 일이 없을 거라고 보고 매주 오던 청소 도우미를 그만 오라고 했기 때문에 그 일 역시 내 차지가 되었다. 난 친구가 제발 그만하라고 할 때까지 청소에 매달렸다. 요란한 진공청소기 소리와 살균제 냄새—그런 것들, 그리고 다른 일상적인 자극들을 친구는 이제 견디기

힘들어했다. 피부도 너무 예민해져서 실크조차도 쓸리면 벌겋
게 달아올랐다.

하지만 자기 침실 창문이 비둘기의 오물로 더럽혀진 것을 보
자 내게 당장 창문을 닦으라고 했다. 그 창문을 닦고 나자, 암모
니아 냄새가 역겹긴 하지만 다른 창문도 다 닦자고 했다.

집에 와서 기쁘다고 친구는 말했다. 집을 떠난 게 실수였다
고, 잘못된 생각에 굴복한 거였고 그래서 벌을 받은 거라는 생
각을 고수했다.

이제 집에 돌아왔으니 절대 집을 떠나지 않을 거라고 했다.
설사 상태가 나아진다 해도 밖에 나가고 싶지 않다고 했다. 바
로 길 건너의 공원, 친구가 오랫동안 무척 좋아했던 장소이고
한여름인 지금 무성한 초록 그늘이 좋은 안식처를 마련해주는
그곳에도 가지 않을 것이었다. 균형 감각에 문제가 생기기 시
작했기 때문에 넘어질까 봐 겁을 냈다. 그리고 다른 이유도 있
었다. 다음—마지막—단계로 접어들자 친구는 내면으로 침잠
했다.

볼일을 보러 나가면 난 간혹 들어가기 전에 공원에서 잠깐 시
간을 보낸다.

대개 벤치에 앉자마자 울곤 했다.

맙소사, 이렇게 될 일이 아니었잖아. 지금으로선 불가피했다

는 생각이 들긴 하지만. 그런데 사랑이란 언제나 딱 그런 느낌이 아니던가. 아무리 뜻밖이라도, 아무리 있을 법하지 않아도, 운명적으로 그렇게 되고 만다는.

우연의 일치. 요즘 새로 읽고 있는 책에 죽어가는 사람을 지켜보는 경험을 사랑에 빠질 때의 강렬함과 비교한 대목이 있다. 그러니 어떤 언어에 그 감정을 표현하는 단어가 있다 해도 놀랄 일이 아니지. 보도 종족이 사용하는 '온스라'처럼, 그 특정한 형태의 사랑을 표현하는 단어 말이다.

이 모든 일(이 모든 일: 가차 없는, 형언할 수 없는 그것)이 먼 과거의 기억이 됐을 때는 과연 어떨지 알고 싶다. 더없이 강렬한 경험이 결국엔 얼마나 자주 꿈과 비슷해지는지, 난 늘 그것이 싫었다. 과거를 보는 우리의 시야를 온통 지저분하게 뭉개놓는 그 초현실적 오염 말이다. 실제 일어난 그토록 많은 일이 어째서 진짜로 일어나지 않은 듯이 느껴지는 걸까? 인생은 한갓 꿈일 뿐. 생각해보라. 그보다 더 잔인한 관념이 과연 있을 수 있나?

기억. 우리 안에 여전히 살아 있는 과거의 사건들을 바라보는 방식을 표현할 다른 단어가 필요하다고, 그레이엄 그린은 생각했다.

내 생각도 그렇다.

카프카와도 같은 생각이다. 동시에 카뮈와도. 삶의 의미란 글자 그대로, 무엇이 됐든 네가 스스로 목숨을 끊지 않도록 해주는 것이다.

무엇이든 내가 그로 인해 죽지 않고 살아남으면 난 더 강해진다. 니체의 이 말이 이제껏 자신에게 심오하게 다가온 적이 있었는지, 죽음을 앞둔 크리스토퍼 히친스*가 자문했다. 확실히 자신의 경험에는 들어맞지 않았다. 니체에게도 마찬가지였다. 그것을 달리 생각하게 된 건 암에 걸렸기 때문이라고 히친스가 말했다.

오래된 낙서 역시 다시 떠오르지 않을 수 없다. "신은 죽었다—니체. 니체는 죽었다—신." 후에 무신론 반대론자들은 니체의 자리에 히친스를 집어넣지 않고는 배길 수가 없었다.

최근 부고란. I. M. 페이, 아녜스 바르다, 리키 제이, 비비 앤더슨, 도리스 데이.

그 순서대로는 아니다. (운율이 마음에 들었을 뿐이다.)

아는 사람의 이름이 나올까 주기적으로 부고란을 보는 사람들이 있다고 들었다. 많은 외로운 사람들에게 부고란을 읽는 것이 위안이 된다고도 한다. 짐작건대 그들이 좋아하는 것은 죽음

---

*영국의 사회비평가.

이 아니라 말끔하게 요약된, 고인이 살았다고 하는 삶일 것이다. 하지만 이 사람들이 또한 열심히 전기를 찾아 읽는 사람들일까? 아닐 것이다. 당신의 부고를 써보세요. 인생 코치나 인간 개발 상담사들이 자주 추천하는 활동인데, 나는 거기에 손톱만큼의 관심도 가져본 적이 없다.

이야기꾼의 권위는 죽음에서 나온다고, 발터 베냐민이 특유의 권위적인 투로 적었다. 그리고. '삶의 의미'를 중심으로 소설은 움직인다.

바트 스타. 캐럴 채닝. W. S. 머윈. 미셸 르그랑.

우연찮게도, 미셸 르그랑은 〈쉘부르의 우산〉의 영화음악을 담당했던 사람이다.

이들은 대부분 오래 살았다. 거의 다 평균 수명인 일흔아홉 살을 넘겨서 살았다. 내 친구가 결코 젊지는 않지만 어쨌든 그들의 딸뻘이다.

존 폴 스티븐스. 토니 모리슨. 폴 테일러. 핼 프린스.

체이서, "세상에서 가장 똑똑한 개". 세라, "세상에서 가장 똑똑한 침팬지".

그럼피 캣!

그 부류의 마지막 개체. 2019년 1월 1일, 하와이 한 대학교의 육종 연구소에서 조지라는 이름의 열네 살짜리 나무달팽이가 죽었다. 그로써 그 종이 멸종했다.

　우리가 돌연 말을 나누지 않게 됐다는 뜻이 아니다. 그런 식
은 아니었다. 그 사태로 인해 그 집에서 나오기 전에도 우리
는 친구가 기침이 나오거나 숨이 찰 만한 대화는 하지 않았다.
서로 나눌 얘기가 없어진 게 아니라 말을 해야 할 필요가 줄
어들었다는 편이 맞을 것이다. 표정이나 몸짓, 슬쩍 건드리는
일—때로는 그 정도도 필요 없었다—만으로도 다 이해할 수
있었다.
　친구는 자신의 여정의 끝이 가까워올수록 그 무엇도 집중을
흐트러뜨리길 원하지 않았다.
　더 이상 내게 책을 읽어달라고 하지도 않았다. 조금씩 다시
직접 책을 읽을 수 있기도 했지만. 집을 비운 사이 소포 하나가
와 있었다. 예전 학생이었던 아는 작가가 쓴 책의 교정지로, 표
지에 들어갈 짧은 평을 요청하는 거였다.
　마지막으로 좋은 일 좀 하지 뭐. 친구가 말했다.
　친구가 읽는 마지막 책이 될 것이었다. (더 인상적인 말로 치
자면, 그 짧은 평이 친구가 쓰는 마지막 글이 될 거라고 하고 싶
었는데, 그럴 가능성이 다분하긴 하지만 맞는 말일지 확신할 수
가 없다.)

마지막으로 같이 신나게 웃는 것도 잊지 말자고.

우리는 차에 짐을 잔뜩 싣고 멀리로 차를 몰았다. 아무 말 없이 몇 킬로미터를 달렸을 때 불쑥 비통하고 낮은 목소리로 친구가 내뱉었다. 죽어라 애쓰고 죽어라 계획해봐야.

내가 제대로 들은 건가? 그것은 우리가 함께 본 영화의 대사였다. 오래된 괴짜 코미디 영화로 주인공 한량이 어떤 상속녀와 결혼한 후 그 상속녀를 없애버릴 계획으로 작업을 거는 내용이었다. 그 나쁜 놈은 일이 엉망이 되자 분통을 터뜨리며 이렇게 외친다. 망할, 망할, 망할! 죽어라 애쓰고 죽어라 계획해봐야 제대로 되는 게 단 하나도 없네! 그 장면에서 우리는 배를 잡고 웃었다. 그리고 지금 분명 친구는 언짢은 마음으로 한 말이었지만 그 상황에서 너무나 어처구니없게 들려서 난 웃을 수밖에 없었다. 친구는 처음엔 좀 놀랐지만 곧 따라 웃었다.

좀 진정하고 몇 킬로미터를 더 달린 뒤 난 이번엔 약을 두고 오지 않았기를 바란다고 말했고, 그에 우린 다시 배를 잡고 웃었다. 〈루시와 에설 안락사를 하다.〉 웃느라 몸이 너무 들썩거려서 차가 약간 길에서 벗어나기까지 했다.

아니, 아무도 오지 않았으면 해. 작별 인사는 이미 다 했어. 친구가 말했다.

아니, 마지막으로 딸에게 연락하는 것도 원치 않아.

그냥 서로 화해할 수 없다는 사실과 내가 화해를 했어.

한번은 건너편 공원에 앉아 친구가 사는 아파트 건물을 눈으로 훑었다. 어떤 게 친구네 집 창문이지? 층을 세다가―저기 친구가 있네! 육 층 창문―친구의 침실 창문―에 서서 밖을 내다보고 있었다. 거기서 보면 공원이 훤히 내려다보였을 것이다. 나도 봤을까? 보이는 모습으로는 거리 쪽을 내려다보는 게 아니라 저 멀리를 바라보고 있었다. 손을 흔들어볼까 했으나 이미 늦었다. 친구는 사라졌다. (그런데도, 흔히 있는 일처럼, 상상은 기억이 되곤 한다. 친구가 그 침실 창문에서 손을 흔드는 모습이 내게 거듭 떠오르곤 했으니까.) 그런데 그렇게 한순간 눈에 띈 친구의 모습에서 어떤 다른 여성이 떠올랐다. 오래전 잠깐 알았던 사람이었다.

학부는 졸업했고 대학원에는 아직 들어가지 않은 때였다. 연이어 갖가지 아르바이트를 하면서 어렵사리 생활을 꾸려가던 시절이었는데, 그 여자는 자신이 쓰는 책을 위한 자료 조사를 해달라며 나를 고용했다. 그의 집도 공원이 내려다보이는 아파트였다. 훨씬 큰 아파트에 훨씬 넓은 공원이었지만. 센트럴 파크. 나보다 스무 살은 더 많았고 그가 쓰는 책은 1960년대에 명성을 날린 모델이자 배우의 전기였다. 미국의 오래되고 부유한 가문 출신인 그 여성은 심리적 문제로 스스로 파멸에 이르러

때 이른 죽음을 맞았다.

책 쓰는 일만 해도 분명 대단히 힘겨워 보였는데, 그는 그 책 말고도 다른 계획도 추진하고 있었다. 그는 여러 문학 에이전시에 연락해서 작가들의 작품 원고를 요청하는 일을 내게 시켰다. (정확히 무엇을 하려고 그랬는지는 기억이 나지 않는다. 필시 영화로 제작할 만한 원고를 찾고 있었을 것이다.) 에이전시는 다들 그를 알고는 있었지만 별로 진지하게 받아들이지 않았고, 몇몇은 자기들은 바쁜 사람이니까 이런 식으로 귀찮게 하지 말라고까지 했다. 한 군데에서는 아주 모욕적인 말까지—"아가씨들은 아가씨들한테 맞는 다른 놀이나 찾아봐"—했다고 내가 일러바쳤을 때, 그는 모욕당했다고 보기보다 오히려 재미있어 했다.

한번은 그가 파티에 초대하고 싶은 사람들이라며 이름과 전화번호 명단을 내게 주었다. 거의 모든 이름이 내가 알 만한 사람들이었다. 누구나 알 만한 사람도 여럿 있었다.

난 그 일이 마음에 들지 않았다. 전혀 일다운 일로 느껴지지 않았다. 정말이지 그저 놀이로 느껴질 때가 많았다. 여자가 쓰고 있다는 그 책을 끝내리라는 기대도 크지 않았다. 게다가 보수도 낮았다.

어느 날 아침 그는 집에 있는 내게 전화를 해서, 그날 바로 어떤 기록보관소에 가서 책을 하나 찾아보라고 했다. 타자한 원고를 구식으로 제본한 책이라 대출이 되지 않으니 그 책 전체를 훑어보면서 자신의 책 주인공인 그 인물의 조상들 생애에서 특정한 세부 내용들을 골라 오라는 것이었다. 보관소에 미리 전화해서 도착하는 시간에 맞춰 책을 준비해달라는 요청을 하라고 했다. 하지만 난 미리 전화하지 않았고—정말 그럴 필요가 있을지 의심스러웠다—한 시간 넘게 기다려서야 책이 나오는 바람에 놀라지 않을 수 없었다.

그는 그날 일당 청구서를 보고 금액에 의문을 제기했다. 내가 한 시간을 기다렸다고 하자 그래서 자신이 미리 전화하라고 하지 않았느냐고 했다. 자기 말대로 했다면 기다릴 필요가 없었을 거라고. 그래서 언쟁이 벌어졌다. 결국 그는 그 한 시간의 보수를 줄 테니 다 잊고 잘해보자고 했다. 하지만 이후 난 그를 위해 일하고 싶지 않았고, 다시는 하지 않았다.

사십 년도 더 지난 일이다. 그 긴 세월 동안 그가 생각난 적은 거의 없었다. 사실 그 책을 마무리 지었고 출간도 됐다는 사실은 알았다. 간간이 그가 여는 성대한 파티 소식도 들었다. 그런데 난 부고란을 일상적으로 읽는 사람이 아니라 처음 그의 부고가 실렸을 때 보지 못했고, 몇 년 전에 그가 한 펜트하우스 아파트에서 뛰어내렸다는 사실을 최근에서야 알게 됐다. 그를 마지막으로 본 그 아파트에서 이사 간 곳이었다.

부고와 함께 실린 사진 가운데 사망 당시 그의 모습을 보여주는 것은 하나도 없었다. 늙고―내가 처음 봤을 때보다 나이가 두 배쯤 많았다―우울증에 빠진 모습. 대부분의 사진이 내 머릿속 이미지와 닮아 있었다. 짙은 곱슬머리, 말라서 앙상한 얼굴에 이를 다 드러내고 웃는 모습. 늘 들떠 있는 듯한 경박한 말투로 칭찬을 마구 쏟아내는 경향이 있었다. 보는 사람마다 다 너무 사랑스럽고, 보는 것마다 다 정말 훌륭하다며. 집 근처에서 신고 다니는 은색 (금색일 수도 있다) 플랫 슈즈. 술에 취한 것처럼, 혹은 아이가 쓴 것처럼 들쭉날쭉한 글씨. 아픈 것에 대한 과장된 두려움. (감기 걸렸어? 감기에 걸린 사람과는 내 자식이라고 해도 가까이하지 않아.) 친한 친구가 목에 악성 종양이 있는 걸 발견했다는 이야기를 하며 얼마나 떨던지. 이렇게 작은 혹일 뿐이잖아, 하고 울부짖었다. 길고 마른 자신의 목을 조심스럽게 손가락으로 짚어가며.

품위 있는 집주인. 면접을 보러 처음 그를 만나러 갔을 때, 가정부가 쟁반을 들고 방으로 들어왔다. 화이트 와인과 크래커와 작은 진흙 화분에 담긴 파테*. 서투르기만 한 손님. 손에 너무

---

* 간 고기나 생선에 채소, 허브 등을 섞어 만든 것으로, 빵이나 크래커에 발라 먹는다.

꽉 쥔 크래커가 부서져버린 후 난 너무 자의식에 시달려 다른 것엔 손도 대지 못했다.

부고와 추도사를 통해 난 몰랐던 몇 가지 사실을 알게 됐고, 알았지만 완전히 잊었던 다른 일도 다시 떠올랐다. 많은 사람들이 학생 시절에 그가 나이 많은 윌리엄 포크너와 연애를 했던 것을 회고했다.

내가 공원에 앉아 친구의 아파트 창문을 올려다보며 그 일을 떠올리던 순간. 막 문질러 닦아서 오웰의 이상적인 산문처럼 깨끗하던 창문들.

내 곁의 식료품 봉투. 친구는 절대 먹지 않을 계란과 빵과 연어와 케일과 아이스크림. 그것들을 나는 먹고 또 먹고, 배가 불러 더는 먹지 못할 때까지 먹을 것이다. 그러고도 더 먹을 것이다.

비와 자루가 긴 쓰레받기를 든 한 남자가 다가온다. 아는 사람이다. 자발적으로 공원에서 쓰레기를 치우는 이웃이다. 그에게 축복이 있기를.

매일 다람쥐와 새에게 먹이를 주러 오는 여자에게도 축복이 있기를.

다람쥐와 새에게도 축복이 있기를.

하지만 지금 건너편의 저 젊은 연인들. 젊은 두 연인이 앉아 말싸움을 하고 있다. 분수대에서 뿜어 나오는 물소리에 무슨 말인지는 잘 들리지 않지만, 분명 프랑스어로 떠들고 있다. 분수 가장자리에 앉아 있다. 그들은 젊고, 그들은 아름답다―화를 내는 와중에도 아름답다. 젊은이들이 그렇듯이. 무슨 말을 하는지는 모르지만 싸우고 있다는 건 알 수 있다. 그런 건 늘 알 수 있다.

오, 제발 싸우지들 말아요, 젊은이. 여기서는 평화를 좀 누릴 수 있게.

나 역시 바로 오늘 아침에 누군가와 싸웠다고 말해줄 수도 있었다. 미친 여자처럼, 공원에서 볼 수 있는 그런 종류의 미친 여자처럼 지금 당장 끼어들 수도 있다. 싸우는 두 사람 사이에 끼어들어서 내가 싸운 일을, 그날 아침 전화로 전 애인과 싸웠던 일을 다 말해줄 수도 있다. 못 할 것 같다고, 거짓말을 할 수 있을 것 같지가 않다고 그에게 말했기 때문에. 우린 했던 얘기를 또 했다, 처음부터 끝까지 다시 한번. 내 친구의 사망 시점에 내가 그곳에 있으면 당연히 심문을 받을 거라고 그가 말했다. 알아, 안다고. 당연히 아니까 그러지―똑같은 말을 도대체 몇 번이나 하는 거야? 하지만 바로 그 순간 나는 내가 거짓말을 한다는 것이 얼마나 어려울지 상상할 수 있었다. 아니면 적어도 납득할 수 있는 거짓말을 하는 게.

그 말을 했을 뿐이다.

그런데 그가 폭발했다. 정말 딱 당신다워. 역시 수없이 들은 말이었다. 당신은 가망이 없어. 그가 말했다.

정말 딱 당신다워. 무슨 일로 짜증이 나건, 우리 사이에서 뭐가 잘못되건 늘 딱 당신답다고 했다.

그를 행복하게 해주지 않는 것이 딱 나다웠다. 그를 쫓아버린 것도 딱 나다웠다. 그가 다른 사람의 품속에서 위안을 찾을 수밖에 없게 한 것―그것도 지랄맞게 나다운 일이었다.

그가 실제로 그렇게 말했다.

정확히는, 고함을 질렀다.

젊은 연인이 황당하다는 표정을 주고받는 모습을 상상해보라. 이 얘기를 대체 왜 우리한테 하는 건데?

아니, 그들이 상냥한 사람이리라 상상할 수도 있다. 싸우던 것도 잊고, 자기들 문제는 제쳐두고 내 말을 듣는 것이다. 무엇으로 고통받고 있나요?

공유 정신병.* 전 애인은 친구와 내가 하는 일을 그렇게 표현했다.

---

* folie à deux. 프랑스어로 '두 사람의 광기'라는 뜻으로, 밀접한 관계에서 서로 감응하며 정신병이 악화되는 것을 가리킴.

이제 손을 떼겠다고 했다.

미친 여자. 가장 두려운 게 뭔지 말해봐. 공원 벤치에 장바구니를 놓고 앉아 있는 미친 늙은 여자. 축복의 말을 했다가 욕을 했다가. 그런 종류의 여자 이야기. 내 어머니가 가까스로 면했던 운명. 이제 일어나서 가야겠다. 아이스크림이 녹고 있을 거야. 생선도 상할 거고. 그런데 머리가 어지럽네. 일어서면 현기증이 나서 쓰러질 것 같아. 공황 상태에 빠진다. 지금 이게 무슨 일이지?

비와 쓰레받기를 든 남자, 다람쥐와 새에게 먹이를 주던 여자는 둘 다 자리를 떴다. 프랑스 연인들도 (아, 좋아. 화해한 게 분명해. 남자가 여자에게 팔을 두르고 여자는 남자 가슴에 고개를 묻고 있잖아) 자리를 뜨려고 한다.

이게 무슨 일이지? 공포로 심장이 쿵쾅거린다. 곧 끝날 거야. 이 동화 같은 일은. 내 인생에서 가장 행복했던, 가장 슬픈 이 시간은 지나갈 거야. 그러면 혼자가 되겠지.

애도하는 자들에게 축복이 있기를.

독자들이 소설로 이끌리는 것은 죽음에 대한 이야기를 통해 한기로 떨리는 그들의 삶을 따뜻하게 덥히고 싶은 마음에서라고 베냐민은 말했다.

나도 애를 썼다. 단어를 차례로 놓았다. 그 모든 단어가 다른 식이 될 수도 있다는 걸 알면서도. 모든 다른 삶이 그렇듯 친구의 삶도 다른 식이 될 수 있었던 것처럼.

나는 애를 썼다.

사랑과 명예와 연민과 자부심과 공감과 희생—

실패한다 한들 무슨 상관인가.

존 해리스와 세라 맥그래스에게 특별히 감사의 마음을 전한다.

또한 유크로스 재단과 제라시 예술가 거주 프로그램, 제임스 메릴 하우스 작가 거주 프로그램, 맥다월 콜로니 예술 공동체가 보내준 지원에 깊이 감사한다.

종말에 대처하는 우리의 자세

요즘에는 어떤 글이든 대개 글머리를 코로나 바이러스로 열게 된다. 벌써 1년 반 이상 지속되는, 그런데도 여전히 종식은 커녕 나아질 기미도 없어 보이는 팬데믹 상황은 개개인의 사고를 뛰어넘는 어떤 초현실성을 띠는 것도 같다. 최근 세계 곳곳의 폭염, 산불, 홍수 등 기후변화까지 더해, 인류문명의 지속 가능성에 대한 질문은 이제 일상적인 것이 되었는데, 일상적이라 무감해지기까지 한다. 그런데 팬데믹 이전 우리의 삶은 지금과 크게 달랐을까? 그러니까 해외여행이 중단되고 마스크를 늘 쓰고 살아야 한다는 특정한 사실들을 빼면 말이다.

코로나 바이러스가 처음 확산되던 당시, 그것이 근대 인류문명의 필연적인 귀결이라는 주장이 있었으니 아마 그 이전부터 세계 어디서나 인간의 삶에는 종말의 기운이 가득했을 것이다. 단지 대부분의 사람들이 그 사실에 눈을 감고 살 수 있었을 뿐. 팬데믹 와중에 출간되었지만 그 이전에 쓰인 『어떻게 지내요』는 현재의 팬데믹 상황 이전부터 인류문명은 종말을 향해 치닫고 있었음을 새삼 깨우쳐준다.

소설가로 데뷔한 지 23년 만인 2018년에 『친구The Friend』로 전미도서상을 비롯한 여러 상을 수상하며 유명해진 시그리드 누네즈는 『어떻게 지내요』에서도 전작과 마찬가지로 죽음과 관련된 질문을 이어간다. 인류문명의 종말을 주제로 한 화자의 전 애인의 강연과 말기 암으로 죽음을 앞둔 친구를 두 축으로 한, 인류문명의 죽음과 개인의 죽음.

소설의 출발점은 인류문명의 종말, 더 나아가 인류로 인한 지구의 종말을 주제로 한 전 애인의 강연이다. '다 끝났다'는 그의 말은 극히 거시적인 죽음을 지칭한다. 그는 대다수가 이 사실을 알면서도 지금까지 조장하거나 묵인했고, 그것만큼 인류의 어리석음을 보여주는 일이 없다고 한다. 하지만 어쩌면 그것은 얼마간 그 거시적 특성에서 기인하는지도 모른다. 자본이 주도하는 방향을 따라가는 개개인의 구체적인 행동이 오랜 기간 집적된 결과 지금 자정 2분 전에 이르렀겠지만, 여전히 그 둘 사이를 직접 연결 짓기란 쉽지 않기 때문이다. 하지만 이제 분명해진 사실은, 앞으로 갈수록 분명해질 사실은, 뜬구름 잡는 이야기 같던 인류의 종말이 사람들의 구체적인 삶, 구체적인 관계의 차원에서 그 모습을 드러내고 있다는 것이다.

"친절하라. 네가 마주치는 사람들 모두 힘겨운 싸움을 하고 있으니." 이런 격언이 널리 알려지고 쓰인다는 것은 그만큼 사람들의 삶이 팍팍해졌다는 뜻이다. 『어떻게 지내요』는 주로 여성의 삶의 일화들, 나이 들고 죽음을 맞는 여성의 일화를 들려주지만 그 모두가 '분쟁과 혼란, 모든 관계에 내재한 어긋남'이라는 큰 배경 위에 놓여 있다. 남녀 관계는 어려움을 넘어 불가능하게 여겨지고, 부모 자식 관계에서도 육친애가 사라져간다. 불행한 결혼 생활을 이어가던 남편은 부인이 불치의 병에 걸린 것을 알고 삶의 기대에 부풀고, 평생 자신을 향한 딸의 적대감을 상대해야 했던 친구는 불치의 병에 맞서 스스로 목숨을 끊으려는 계획을 딸에게는 알리지도 않는다. 도로에서 몸을 부딪친 남녀나 여성이 겪는 흔한 성희롱에서처럼 서로를 향한 적대감은 일상적으로 벌어진다. 사회의 온갖 악과 부당함을 향한 분노가 어쩐 일인지 다시 갈등을 빚어내고, 그렇게 삶은 갈수록 격렬한 전쟁터가 된다. 심지어 고양이에게도.

화자는 이 모든 사실에서 한 걸음 떨어진 기록자의 역할을 자처하는 듯하다. 같은 아파트에 사는 할머니를 찾아 얼마간 함께 시간을 보내야 했던 일처럼 직접 경험한 일도 없진 않지만 대부분의 일화는 친구의 이야기거나 친구나 지인이 들려주는 이야기들이고 화자는 자신의 견해나 감정을 내세우기보다 그것을 다분히 중립적으로 전달한다. 암 치료가 실패하여 살날이 얼마 남지 않은 친구가 자신이 스스로 목숨을 끊을 때까지 함께 지내달라고 부탁하기 전까지는. 한적한 뉴잉글랜드 마을로 거처를 옮긴 화자는 이제 전 애인을 통해 인류의 종말을 상기하고 언제 죽을지 모르는 친구의 죽음을 예상하며 하루하루를 보낸다. 그러니까 거시적, 미시적 죽음에 둘러싸여. 그리고 어쩔 수 없이 그 자신도 감정의 소용돌이로 빠져들어간다.

소설의 끝, 그 마지막 날 아침 화자는 전 애인과 다시 예전과 꼭 닮은 ("딱 당신다워") 언쟁을 하고, 친구의 죽음을 내내 지켜보며 언젠가 일어날 자살을 기다리는 긴장감을 못 이겨 마침내 자신도 무너져 내린다. 그것은 예상과 달리 상대에게 '마음이 쓰이고 걱정이 되는' 관계, 서로 정서적으로 얽힌 관계가 되었기 때문이다. 초연할 수 없어 괴롭지만, 때로 마음을 쥐어짜는 듯한 동통이 찾아오지만, 그렇게 둘 사이에는 '재난 상황에서의 강렬한 친밀감과 연대의식'이 생겨나게 된다.

세상에는 두 종류의 인간이 있다고 했다. 고통받는 사람을 보면서 내게도 저런 일이 일어날 수 있어, 생각하는 사람과 내게는 절대 저런 일이 일어나지 않을 거야, 생각하는 사람. 첫 번째 유형의 사람들 덕분에 우리는 견디며 살고, 두 번째 유형의 사람들은 삶을 지옥으로 만든다.

그렇게 우리는 이 소설의 제목으로 돌아온다. 시몬 베유의 말에서 따온 '어떻게 지내요'라는 말은 원어인 프랑스어로는 '무엇으로 고통받고 있나요'이고, 이웃에 대한 관심은 그의 고통에 귀 기울이는 일이다. 고통의 원인을 밝히는 일이, 잘잘못을 따지는 일이 더 중요하지 않느냐고 물을 수 있다. 소설 속 일화들이 진짜 고통받는 삶의 장면이라기보다 연로한 여성 작가의 불평으로 들리기도 한다는 의구심도 있을 수 있다. 문학 작품이라면 '이게 무슨 난리인가' 식의 착잡함만이 아니라 세상을 해석하고 판단하는 기준을 어떤 식으로든 담고 있어야 한다고 주장할 수도 있다. 하지만 세상에 두 종류의 인간이 있다는 것은 엄연한 사실이고, 내가 누군가의 삶을 지옥으로 만들 수 있다는 것도 엄연한 사실이다. 주변에 죽음이 만연하고 갈등과 대립이 일상화된 현재의 상황에서는 특히 더 그렇고. 또한 엉망이 된 세상을 편리하게 단순화하거나 조작하지 않고 그대로 직시하는 일에도 상당한 용기가 필요하다. 모두가 연루되고 손쉬운 해답을 내놓을 수 없다는 것이 재난 상황의 특성이고 우리는 지금 그런 재난 상황에 놓여 있기 때문이다. 그것도 종말을 향해 가는 재난 상황에.

정소영

옮긴이 **정소영**

번역가, 영문학자. 용인대 영어과 교수로 재직했으며, 옮긴 책으로『가장 파란 눈』『책 읽기를 정말 좋아하는 사람들 아닌가』『대사들 1·2』『실크 스타킹 한 켤레』『아름다움을 만드는 일』『돌 세 개와 꽃삽』『전쟁과 가족』『유도라 웰티』『권력의 문제』『루시』등이 있다.

어떻게 지내요

1판 1쇄 2021년 8월 19일
1판 7쇄 2024년 12월 5일

지은이 시그리드 누네즈
옮긴이 정소영
펴낸이 김정순
편집 권은경 김이선
디자인 이강효
마케팅 이보민 양혜림 손아영

펴낸곳 (주)엘리
출판등록 2019년 12월 16일 (제2019-000325호)
주소 04043 서울특별시 마포구 양화로 12길 16-9(서교동 북앤빌딩)

✉ ellelit.book@gmail.com
⌾ ellelit2020
전화 02 3144 3123
팩스 02 3144 3121

ISBN 979-11-91247-11-4 03840